JN107817

アンドクター

聖海病院患者相談室

藤ノ木 優

角川文庫
23499

目次

プロローグ

半年後に医師国家試験を控えた八月に行なわれた、全国民間病院合同研修説明会。

そこで目にした、一つの病院のプレゼンテーションが、綾瀬《あやせ》凪沙《なぎさ》の心に刺さった。

聖海《せいかい》病院。

聞いたこともなかった病院は、今年度から研修医を受け入れ始めた施設で、その発表内容は極めて異質だった。なにせ、マイクを受けたスーツ姿の青年が、突然頭を下げたのだから。

「大変申し訳ありません」

一体、何を言い出すのだろうかと思った。

それもそのはずだ。この場は、いかに自分たちの施設が優れているのかを熱く語り、次年度の新卒研修医を一人でも多く集めることが目的なのだ。げんに他の施設は、最先端のロボット手術やら、屋根瓦《やねがわら》方式の教育制度やら、研修期間中でも産休育休の取りやすい環境やらを紹介しており、そのアピール内容は多様を極めていた。

その中で、いきなり響いた謝罪の言葉だ。

呆気《あっけ》にとられた中、男性は淡々と続けた。

「当院はまだ研修病院としての第一歩を踏み出したばかりです。他施設のように、強みを語るほどの経験はありません。皆さまの貴重なお時間を頂戴《ちょうだい》してしまい恐縮ですが、現状お伝えできる限りの情報を開示したいと思いますので、どうぞご清聴頂ければ幸いです」

不思議と、凪沙は席を立つことができなかった。思い返すと、あれだけ謙《へりくだ》った丁寧な物言いをされたせいで、そそくさと場を去ることに罪悪感を覚えただけかもしれない。

男性は、淡々とした喋《しゃべ》り口調で続けた。

「今年で創立三十周年を迎える私たちの病院は、地域に根差した総合病院です。開院当初は、内科、外科、整形外科だけの小さな病院でしたが、地域の皆さまのニーズに合わせて、診療科を拡大して参りました」

澄んだ声の奥には、男性特有の低い音が隠れていて、どこか安心感を覚える。凪沙は、その声に引き込まれた。

「現在は、小児科、産婦人科、脳神経外科に泌尿器科、それに五年前には精神科も併設致しました。診療科間に垣根はなく、二次救急医療まで対応しており、小児から高齢者まで、ほとんどの症例について、当施設で治療を完遂できる環境を作って参りました」

特別なことを言っているわけではないのに、その説明からは誠実さを感じた。

これまでのプレゼンと、なにが違うのだろうか？

男性の言葉に耳を傾けていると、ほどなく答えが見えてきた。

彼の話は、全て患者側に立ったものだったのだ。

自分たちの施設が何のために存在して、地域の変化に合わせてどう対応していくのか。今後どのような施設を目指し、住民たちと共生していくのか。利便性を向上させるために整備した交通システムに、治療に関連した他のコミュニティーとの連携。その全てが、患者の目線から語られていた。

それに気づいたとき、他の施設の豪華絢爛《けんらん》なプレゼンが、全て薄っぺらいものに思えた。

「私たちの病院は、世界最先端の医療を扱うような特別な施設ではありません。しかし、地域住民の皆さまの健康を支える担い手として、『患者さまの心に寄り添った医療』の提供を、三十年来の理念として掲げており、今もそれが揺らぐことはありません」

患者の心に寄り添う医者であること。

それは、凪沙が目標とする医師像だった。

ずっと、研修先を迷っていた。今日の説明会同様に、自分たちの施設や、医療技術がいかに凄《すご》いのかを語る医師には何人も会ってきたし、五月雨《さみだれ》のように大きな話を聞かされてきた。

しかし、どれも進路の決定打にはならなかった。いざ彼らの働きぶりを目の当たりにすると、どこか独りよがりに見えたし、患者との距離を感じた。

「当院の研修医制度への参画は、新たな挑戦です。まだトライアンドエラーを繰り返している段階で、皆さまに不便をおかけすることも多いかと思います」

凪沙は、すっかり彼の言葉に釘付《くぎづ》けになっていた。

「しかし、それを逆手にとり、研修医の皆さまの声を取り込んで、よりよい研修システムを構築して参りたいと思います。是非私たちの病院で研修して頂いて、積極的にご意見を出して下さい。反映できるものは、どんどん履修プログラムに反映して、今までにない研修システムを構築するのが、私たちの目標です。是非皆さまのお力を貸して頂ければと思います」

プレゼンテーションは、そんな言葉で締められた。

この病院で働いてみたい。心に生まれたその思いは、瞬く間に大きくなっていった。

あの時の凪沙は、確かに希望に満ち溢《あふ》れていたのだ。

第一章　クレーム対応のエキスパート

あの日から一年後の八月、研修医になってから四ヶ月が経った。

凪沙はこの日、内科外来の陪席をしていた。

消化器内科は、聖海病院創立当初から続く歴史のある診療科だ。最も古い一号棟にあてがわれた外来の壁紙は黄ばんでいて、部屋全体がどこか薄暗い。

壁掛けの時計の針は、まもなく夕方五時を指そうとしていた。

すると、カタカタと小刻みな音が、部屋に響き始めた。音に合わせて、塩ビ製の床が微妙に揺れる。

……始まった。

凪沙は、うんざりしながら、視線を落とした。外来担当医の関口《せきぐち》の膝《ひざ》が揺れている。

時間が経つほどに、その悪癖は激しくなる。彼は、外来終了が押すことを何よりも嫌っているのだ。

しかしそんな音など意に介さず、……もしくは大分耳が遠いのか、高齢男性が勢いよく喋り始めた。

「なあ先生、胃がしくしく痛むんだよ」

右の腹を、手で押さえている。

「隣の岡田《おかだ》さんがな、ワシとおんなじ症状で胃がんだったってなあ。だからこんな時間にわざわざ飛んできたんだよ」

その後も、老人の元気な声が診察室に響き続ける。

貧乏ゆすりのテンポが上がる。関口のため息が響いた瞬間、電子カルテの患者メモ欄に、＊《アスタリスク》が打ち込まれた。

老人の話が長くなるごとに、＊が増えていく。凪沙は、どこか冷めた感情でそれを眺めていた。

凪沙が関口から最初に教わったのが、この＊の意味だった。

「これは、要注意患者を表す医者同士の暗号なんだ」

ここ聖海病院は、医師の異動が多い。だから、この人は面倒臭い患者だと、暗に申し送りをする仕組みがつくられていた。
＊が五つを数えた頃、ようやく患者の話が終わった。
「だからな先生。ワシも胃カメラってやつをやった方がいいと思うんだよ。……な、そう思うだろう？」

とかく長い話であったが、要は、友人の胃がんが見つかったから心配になり、精密検査をして欲しいということだ。患者の症状は大したことがなさそうで、内視鏡の適応があるのかは疑問だ。

しかし、関口はあっさりと頷《うなず》いた。

「わかりました。症状は問題ないとは思いますが、心配される気持ちもわかりますので検査を予約しましょうか。来週の火曜日あたりでいいですか？」

「来週はちょっとなあ……、佐藤《さとう》さんちとゴルフの約束をしてんだよな。なあ先生、再来週の火曜はあいてねぇのか？」

「じゃあそこで予約するんで、検査の詳しい説明は看護師から聞いてください」

「助かったよ。じゃあ先生、よろしくな」

老人は、元気に挨拶《あいさつ》を残して診察室を出ていった。

外来終了を確認すると、ようやく関口の貧乏ゆすりが止まった。そのまま深いため息を吐いて、大きく背を反らす。ふくよかな腹がプルンと揺れ、薄くなった頭頂から蒸気が立ち昇るのが見えた。

凪沙にチラリと目線が送られる。話をしたそうな雰囲気ではあるが、彼はプライベートにずかずかと踏み込む会話を好むタイプなので、失敬したいのが本音だ。

しかし、指導医をぞんざいに扱うと後々面倒くさいことになる。

研修医として過ごすうちに、こんな時の対処法も会得していた。

先にこちらが質問をすればいいのだ。

「関口先生」

「なんだ、綾瀬」

あの老人には見せなかったような緩んだ顔に一変する。

「最後の男性患者ですが、内視鏡の適応はあるのでしょうか？」

「腹が痛いって言ってたじゃないか」

「でも、おさえていたのは右側ですよね」

小学生でも知っている。胃があるのは左の腹で、右は肝臓だ。腹痛も軽度だし、痛みの場所だって違う。いきなり内視鏡という選択肢は、やはりおかしい。

すると、いかにも面倒臭げなため息が返ってきた。

「念の為の検査だよ」

「でっ、でも……」

「患者さま、だからだよ」

被《かぶ》せるように放ったのは、関口の口癖だった。

「こっちのルールなんて無視して、自分の思い込みを主張し、検査や治療まで指定してくる。ああいう患者さまが、一番厄介なんだ」

敬称のはずの『さま』には、どこか侮蔑《ぶべつ》するような響きが込められている。

苦虫を噛《か》み潰《つぶ》したような顔で、関口が続けた。

「その程度の症状で内視鏡なんて必要ない。げんにあなたは来週ゴルフに行かれるんでしょう？　なんて言おうものなら、途端に喚《わめ》き散らすぞ。なんだその物言いは、お前はヤブ医者だ、他の病院なら検査してくれる、俺が死んだらどうしてくれんだ。そんなクレームを捲《まく》し立てられると、外来は長引くし、しまいには他人に悪評を振り撒《ま》くから、一銭の得にもならんのだ」

政治家が演説するかの如く身振り手振りが加わり、その言葉には力が込められる。

「結局、何も言わず検査してやるのが一番楽だ。病院の利益にもなるし、患者さまだって満足する。これでWin-Winだ」

――でもそれは、皆で積み立てたお金ですよね？

そんな言葉が、口から飛び出そうになった。

日本の医療は、皆で積み立てたお金から、必要な医療を提供する仕組みだ。しかしその財源は枯渇寸前で、これからの医師は、保険適用を厳格に判断するのが責務だと、大学の講義でも習った。

だから、目の前で施された医療が正しいとは思えない。

しかし凪沙は、声を上げるのを堪《こら》えた。反論されるのが落ちだからだ。結局聞き流す方が楽なのだ。

　無言を同意と判断したのか、関口が悦に入《い》った様子で言った。

「なあ綾瀬。日本の医療ってのは、天国だよなあ」

「天国……、ですか？」

「外来終了時間ギリギリに、飛び込み受診ができて、内視鏡まで予約してくれる。それなのに、あの爺《じい》さんが支払うのはたった一割だ。お客さま意識が強くなるのも仕方がないよな」

　関口の、『患者さま』理論には共感できない。共感したくない。

「こんな医者なんて嫌だ、とでも言いたそうな顔だな」

　関口が怪訝《けげん》な表情を見せた。

「いっ、いえっ、そんなっ」

　慌てて否定したが、関口がため息をついた様子を見ると、肯定を強めてしまったのかもしれない。

「まあ、医者になりたての時ってそんなもんだ。でも、いずれわかる。日本の医療ってのは、地雷原の中を歩いていくようなもんだ。たった一つのミスが、すぐ訴訟に繋《つな》がる。そうなったら、折角苦労して取った医師免許が一瞬でパーだ。清廉潔白な心と情熱だけじゃあ、いずれ足をすくわれる。だから、よく気をつけるんだぞ」

関口の口からは、『訴訟』という言葉が頻繁に出てくる。

「肝に銘じておきます」

頭を下げると、関口が満足そうに頷いた。

早く診察室から出たい。そう思っていたら、院内携帯がけたたましく鳴った。画面には、内科師長と表示されている。

「もしもし、綾瀬です」

『ああ、綾瀬先生。今、大丈夫ですか？　実は点滴を入れて欲しい患者さんがいるんです。武田多美子《たけだたみこ》さんっていう方で、本庄《ほんじょう》先生が担当なのですが、今手を離せないようで……』

渡りに船だ。

「すぐに行きますっ！」

関口に聞こえるような声で答えて、凪沙は診察室を飛び出した。

武田多美子は、大部屋に入院している八十五歳の肺がん患者だ。凪沙の担当患者ではないが、連日小さな子を連れた家族が見舞いに来るので、その顔は知っていた。

ベッドにポツリと収まった痩躯《そうく》は、細くて小さい。

「腕、縛りますね」

「はいどうぞ」

駆血帯で、左上腕を締め上げる。ほっそりとした外見の武田だが、ゴムチューブがズブズブと皮膚に食い込んだ。

皮下浮腫《ふしゅ》だ。末期患者によく見られる所見で、多美子が死期の近い患者だとわかった。その血管は細く、血管壁は想像以上に脆《もろ》くて点滴の難度は高い。

「ちょっと血管を探すのに手間取るかもしれません」

そう断ると、多美子はにこやかに笑った。ぶよぶよの皮膚と比べ、顔は皺《しわ》だらけで、無駄な水分が一切なかった。

「気にしなくていいわ。最近、本庄先生も苦労しているから」

「しっ、失礼します」

皮膚に指をあて、慎重に血管を探る。早く血管を見つけなければ、腕が締め付けられる多美子も苦痛だ。

ようやく、前腕部正中に適当な血管を見つけた。

「刺しますね」

慎重に静脈留置針《りゅうちしん》を入れる。柔らかな皮膚は、一切の抵抗もなく針を受け入れた。

すぐに逆血を確認する。血管に針が当たったのだ。そのまま留置カテーテルを血管内へと進入させたが、加減が強かったのだろうか、針の刺入部にみるみると痣《あざ》が形成された。

失敗だ。血管を突き破ってしまった。凪沙は慌てて針を抜いて、皮膚を圧迫した。

「すみませんっ……」

謝罪の言葉が、口から漏れ出てしまった。

すると、多美子の柔らかい声が響いた。

「気にしないでいいわよ」

あまりに優しい声に、凪沙は思わず顔を上げた。

多美子と目が合った。皺の奥に優しい光が宿っている。

「ええと、綾瀬先生……。先生は若いわね、研修医かしら?」

頬が、カッと熱を帯びる。

「私、医者になってまだ四ヶ月なんです。次も失敗してしまうと申し訳ないので、上の医者を呼んできますね」

慌てて道具を片付ける。患者さんに、とりわけ余命いくばくもない患者に、若手が手技《しゅぎ》を失敗するなど失礼な話なのだと、今更ながら後悔する。

「そんなに謝らなくていいですよ」

柔らかい言葉に、手が止まってしまった。

「……えっ」

多美子が、右の腕を凪沙に差し出した。その腕には、無数の刺入痕《しにゅうこん》と、痛々しい痣が見えた。

多美子が柔らかい笑みを浮かべる。

「私はもう、先の短い老いぼれです。私の腕の点滴が難しいのなら、いくらでも練習して下さいな。それで貴方《あなた》が立派なお医者さまになってくれれば本望ですよ」

突然の言葉に胸が熱くなり、言葉に詰まった。

「あなたのこと、よく病棟で見るわ。あんなに熱心にお仕事をしているんだから、きっといいお医者さまになるわね」

多美子の笑顔は、まるで菩薩《ぼさつ》のように邪気がなかった。

しかし凪沙は、視線を逸《そ》らしてしまった。

後ろめたくなったのだ。理由はわからない。

結局凪沙は、それ以降多美子と目を合わせることはできず、三回も針の刺入を失敗してから、ようやく点滴ルートを確保した。

「すみません……。次はもっと上手にやりますね」

それだけ言って、逃げるように個室を後にした。

午後六時半、凪沙は、ようやく研修医室に戻った。

十五畳ほどの洒落《しゃれ》っ気のない部屋に、六つの事務机が並んでいる。聖海病院の研修医は、一期生三名、凪沙たち二期生三名の総勢六人しかおらず、他の施設と比べても規模は小さい。

部屋に残っていたのは、同期の本庄亜里佐《ありさ》だけだった。端の机に座って、ノートパソコンのキーボードを鳴らしている。

「凪っち、お疲れさまー」

画面脇から、白い顔がにゅっと出てきた。ゆるふわパーマの下に、目と口だけが開いたパックが張り付いた顔は、まるで女性版ジェイソンに出迎えられているようだ。

「お疲れ、りさちん」

「武田さんの点滴、ありがとね」

「ううん、大丈夫。ちょうど病棟にいたし」

夕方六時からの一時間は、亜里佐にとって大事な時間だ。

当直室のシャワーで洗顔をして、スキンケアに全力を注ぐ。夕方の白仮面は、すでに研修室の日常だ。だからこの時間の亜里佐に、看護師が仕事を頼むのは至難の業なのだ。

「琢磨《たくま》先輩は、もう帰ったの？」

二つ隣の机には、ケーシー白衣が乱雑に放り投げられている。

亜里佐が、ジョッキを口に流し込むような仕草を見せた。

「五時ジャストで、とっくによ。ネイリストさんと合コンだって。先週は保育士さんだっけ？　まあ、よくも取っ替え引っ替え相手を見つけてくるよねえ」

呆《あき》れたように言うと、ウエッと舌を出した。肩をすくめて、白仮面から舌が出てくる姿には、どこか愛嬌《あいきょう》がある。

笹本《ささもと》琢磨は、もう一人の同期研修医だ。

同期とは言っても、彼は三浪で私立医大に入り、三回留年と国試三浪を経て、三十三歳でようやく医師免許を手に入れた。

顔合わせの時、いかにも陽キャの笹本から、『俺のことは、琢磨って呼んでくれ！』と言われたが、八つも歳が離れた人を呼び捨てにできるような感覚を、持ち合わせてはいなかった。結果、『琢磨先輩』という呼称に落ち着いている。

「笹本パイセンのはっちゃけ方って異常よね。開業医のお坊ちゃんって、みんなああなのかしら」

皮肉めいた口調で言うと、ピピピとタイマーが鳴った。

亜里佐がペロリとパックを外し、乳液を馴染《なじ》ませた手で、頬を包み込む。慣れた手つきだ。

亜里佐の隣の席に腰を下ろす。羽織った白衣が鉛のようにのしかかってきて、深いため息が絞り出された。

「凪っち、おっさんみたいよ」

「ちょっと疲れちゃって」

そっか、と呟《つぶや》いた亜里佐が両手を外すと、玉のような肌があらわになった。蛍光灯の光を反射する頬は、雑然とした研修医室には似つかわしくないほど神々しい。

ぼーっと亜里佐の肌を眺めていると、ラインストーンでデコったスマホを差し出してきた。

「ねえ凪っち。疲れてるところに悪いんだけど、写真だけお願いできない？」

「いいよ」

「ありがとう！　いつも助かるわ」

弾むような声で言って、亜里佐はスッと立ち上がった。真っ白な壁を背にして、カールした髪を胸元までおろす。

「じゃあ、正面、Twitter用、よろしく」

「わかったわ」

スマホをわずかに傾けて、彼女のチャームポイントのプルンとした下唇から胸元までを、フレームにおさめる。フェミニンの中に、性的な色気を感じさせる一枚が撮れた。

「どう？」と見せると、「完璧《かんぺき》！」と満足そうに頷《うなず》いた。

「次はインスタね」

今度はくるりと後ろを向いて、髪を一本に束ねる。スッと背筋を伸ばして、顎先《あごさき》をわずかに右に向けると、シャープな輪郭が強調される。その姿は、仕事に邁進《まいしん》する格好いい女性そのものだ。

自分の魅せ方を熟知しているんだなと、撮りながら感心する。

「これでいい？」

「最高。凪っちの技術はもはやプロよ。早速アップするわ」

フェミニンな写真には、『これから当直、今日も頑張ります！　眠れるといいな』と綴《つづ》り、かわいいハートを添える。もう一方の写真には、『#当直 #論文書かなきゃ！ #忙しくてもスキンケアはかかさない』と、#を並べた。

投稿するや否や、『イイね』が続々と増えていく。

亜里佐は、ネットの有名人だ。複数のSNSアカウントを運用し、数万のフォロワーを獲得している。これは、研修修了後の準備らしい。

出会った日から、亜里佐は美容外科医になることを公言していた。美容外科医として成功するためには、今やSNS集客は欠かせないらしく、自由な時間を取りやすいここでの研修を決めたという。

真面目一辺倒の凪沙とは、学生時代であれば、決して交わることのないタイプが亜里佐だった。

彼女の振り切った将来設計は、はじめは衝撃的だったが、最近は羨《うらや》ましさすら感じるようになった。

「りさちんは、ぶれなくて凄《すご》いなあ」

目標に突き進む人間は強い。亜里佐を見ていると、自身の不安定さを思い知らされた。

大きくため息をつくと、突然両頰をピシャリと包まれた。冷たい感触のあとに、彼女の体温が頰に伝わってくる。

「何回ため息ついてんのよ。ほらこれ、とっておきの化粧水、凪っちに特別サービスしてあげる」

乾いた肌が、あっという間に化粧水を吸収する。日照った砂漠に、久しぶりの雨が降ったような感覚だ。

「……ありがと」

亜里佐が、じっと凪沙を見据えた。ピンと張ったツケまつげの下の瞳《ひとみ》には、憂いが浮かんでいる。

「明らかに元気ないけど、なんかあった？」

「今日の私、そんなに暗い？」

「今日っていうか、最近ずっと？」

チャランポランに見えて、亜里佐の観察眼は鋭い。

「ちょっと色々悩んじゃってさ」

「えー、しっかりしてよ。凪っちまでデプったら、女の子がいなくなっちゃうじゃない。笹本パイセンと二人きりの研修医生活なんて、私だって無理よ」

デプるとは、抑うつ状態を指す医療界隈《かいわい》の隠語だ。

実は一期生には、一人だけ女性がいたが、うつになったため療養中だ。先輩女性の顔を、凪沙はまだ一度も拝んでいない。

「悩みは、早いうちに話しちゃった方が楽よ。……ほら」

ここまで心配されて、言わないわけにもいかない。

凪沙は、ため息と共に悩みを吐露した。

「目標が見えなくなっちゃったの。私って、どんな医者になりたかったのかなって、最近毎日悩んでる」

「……やだ。凪っちの悩みって、やっぱり真面目系なんだ」

「恋愛の相談だとでも思った？」

「ううん」と、亜里佐はあっさりと首を振った。

「でもほら、凪っちの目標って、あれじゃないの？　患者に寄り添うってやつ。院長たちの前で宣言してたじゃん」

頬がカッと熱くなった。

「その話は、もうよしてってば」

研修初日の、病院運営会議での研修医挨拶《あいさつ》だ。

病院長はじめ各診療科のお偉方の前で、自己紹介をした。そこで凪沙は、高らかに宣言したのだ。

『私の目標は、患者さんに寄り添う心を持った医師になることです！　この病院には、私が求める理想があると信じてやってきました。やる気と根性だけは誰にも負けません。よろしくお願いします！』

静まり返った場の空気と、パラパラと同情的な拍手が返ってきたことが、嫌に脳裏に焼き付いている。

亜里佐が、ケラケラと笑った。

「ドン引きしたよね。私、来る病院間違っちゃったのかなって、マジで思ったもん」

あの時、隣に立っていた亜里佐が、奇怪な生物でも見るような目付きで凪沙を見ていたのを思い出した。

「だったら、来る病院を間違ったのは、私の方ってこと？」

「だって、ここはそういう病院でしょう?」

頬杖《ほおづえ》をした亜里佐が、眉《まゆ》を下げた。

「良くも悪くも、ウチって普通の総合病院じゃん。手広くやってるけど、難しい治療はしない。だから、医者たちだって適度にやる気ないじゃん」

ずけずけと言う亜里佐だが、その指摘は的確である。

「まあ、こんな病院、世の中に一杯あるんじゃない? でも、研修施設としては、明らかにハイポ志向の研修医向けでしょ。最低限のお給料を貰《もら》えて、自分のやりたいことに時間を割きたい。そんな志の低い人しかこないわよ。だから二年連続定員割れだし、毎日遅くまで病院中を駆け回ってるのって、凪っちだけじゃん」

「そうだけど……。でもね、結局私は、どこの病院に行ったとしても、同じように悩んでたと思うの。仕事は次から次へとやってくるし。雑務って言っても、責任は重大じゃない?」

凪沙が日々こなす医療行為とも呼べないような仕事にだって、患者の命がかかっている。口頭で看護師に出す指示は、薬の名前一つ、用量一つ間違っただけでも、死に直結する危うさがある。

「最近怖いのよ」

ボソッと呟いた声に、亜里佐がギョッとした表情を見せた。

「やだ。飛び降りたいとか言い出さないでよ。屋上は鍵《かぎ》がかかってるからね」

「違うってば」

「ならよかった。で？　なにが怖いのよ？」

また、ため息が漏れ出る。

「私も、そのうち関口先生みたいになっちゃうのかなって、ずっと不安なの」

「関口って、消化器内科のおっさん？」

亜里佐が、ゥエッと舌を出す。

「私、あいつ嫌い！　こないだ当直ご飯を一緒に食べたら、ずっと説教かまされたわよ。美容外科志望なんて金目当てかとか、意外と訴訟が多いぞとか、やっぱり普通の診療科に戻りたいと思ってもあとからは無理だ、とか。大体、普通ってなによっ？」

いかにも関口が口にしそうな言葉だ。怒りが再燃したのか、亜里佐がパーマを掻《か》きむしっている。

「凪っちとあのおっさんは、似ても似つかないから大丈夫よ。いろんな意味で」

「違うの……」

凪沙は、今日の外来のことを話した。

『患者さま』との言い合いを避けて、必要のない検査を提供する、関口の事なかれ主義の医療姿勢。

「私は、関口先生になにも意見できなかったの。話を流したってことは、私も本質は一緒ってことでしょ？　それが自己嫌悪なのよ」

だからこそ凪沙は、多美子の顔を直視できなかった。死の間際の純然たる善意を受け止めるだけの誠実さを、持ち合わせていなかったのだ。

「凪っちは生真面目だね。そんなに自分を追い込んだら、息が詰まっちゃうよ。みんな、そこまで深く考えてないと思うよ」

たしかに、医学生時代の臨床実習でも関口のような医者は沢山見てきた。

「まあ、関口の話も一理あると思うよ。どんな仕事にだって、本音と建て前があるじゃん。ビジネスライクっていうの？」

「そりゃそうだけど」

「大体、医療ってただのインフラのはずなのに、最近求められるハードルが高すぎじゃない？」

「どういうこと？」

「本来は水や電気と一緒で、病院は医療だけ提供すればいいはずじゃん。安い料金でアルプスから水を引っ張ってこいとか普通は言わないよね。なのに今の医療って、治療は完璧《かんぺき》にしないといけないし、お気持ちまで要求されるわけじゃん。でもそれって、医者のメンタルが壊れるまですることじゃないんじゃないの？」

亜里佐の考え方は割り切っていて、あまりにブレがない。

しかし、納得しきれない自分もいる。

「でもやっぱり、医療は命にかかわる仕事だから、りさちんの意見もなんか違う気もする」

亜里佐が笑う。

「そりゃそうよ。どんな意見も、正解で不正解ってのが真理よ。完全無欠の意見なんてのは、そりゃあもはや宗教だから」

亜里佐は賢くて、恐ろしく柔軟だ。

「凪っちも、私みたいにハイポ志向になれば、もうちょい楽になると思うんだけどな」

乱れたパーマを整えながら、亜里佐が言った。

「りさちんは、全然ハイポじゃないよ。夢を追い続けてて凄《すご》いよ」

ただ迷って時間を浪費しているだけの自分より、余程生産的だ。

「私を凄いなんていうんじゃ、相当重症だわ」

亜里佐がお手上げポーズをした時、凪沙の院内携帯が音を立てた。

救急外来からだ。

「綾瀬です。どうしましたか？」

『救急搬送です。過換気症候群疑いの女性が、五分ほどで到着予定です』

「すぐに行きます」

電話を切ると、凪沙はスッと立ち上がった。

「救外の患者さんがくるから、行くね」

亜里佐の表情が陰った。

「手伝おうか？」

「ううん、大丈夫。りさちんに話聞いてもらって、気持ちが楽になった。……行ってくる」

亜里佐が、凪沙の両頬をグッと上げた。

「また笑顔がなくなってるよ」

「そうだった？」

また、亜里佐の瞳《ひとみ》に憂いがさした。

「無理しすぎないでね」

「……うん。ありがとう」

それだけ言うと、凪沙は研修医室を飛び出した。

救急外来では、看護師たちが慌ただしく動いていた。一人に声をかける。

「当直の綾瀬です。救急患者の情報を教えてください」

「はい。患者は鈴木薫《すずきかおり》さん、三十五歳女性。同居人の男性と口論になった際に発作を起こし、救急要請をしたそうです」

看護師が、淡々とメモを読み上げる。

「バイタルは？」

「サチュレーション九十八、血圧百二十八の六十四、心拍八十三、体温三十六・三度、呼吸数二十五です。四肢の痺《しび》れはあるようですが、意識はクリアです」

看護師の申し送りで、状況が頭に浮かぶ。ストレスや緊張によりひきおこされた過呼吸による、典型的な過換気症候群と思われ、切迫した状況ではなさそうだ。

救急搬送は、若手の当直医が初期対応をして、対応困難になった場合に上級医を呼び出す決まりになっている。今日の上級医は、大学病院から当直だけに来ている医師だったので、できればコールはしたくない。

過換気症候群は、泥酔や薬物過剰摂取と並び、救急の常連疾患で、すでに何症例も経験していた。一人でも対応できるはずだ。

必要な検査を頭の中で整理していると、やがて、サイレンの音が響いてきた。

「綾瀬先生、救急車到着しました」

搬送口へと向かうと、丁度、救急車の後部扉が開いた。

最初に視界に飛び込んできたのは、付き添いの男性だった。金髪でずんぐりとした体、ドクロ柄のTシャツから伸びた筋骨隆々の腕には、蛇のタトゥーが刻まれている。

あまりの威圧感に、凪沙は思わず後ずさった。

「やっと着いたのかよっ！　さっさと診察しろよっ！」

野太い声が響く。男は、顔を真っ赤にして救急隊員を睨《にら》みつけている。隊員たちは男を無視して、患者の鈴木薫に話しかけた。

「鈴木さん、病院に着きましたよ。大丈夫ですか？」

車内からは、ハアハアと激しい呼吸だけが返ってきた。

「おいっかおりっ！　大丈夫か？　しっかりしろ」

男が、こちらに顔を向けた。助けを求めているようにも、恫喝《どうかつ》する相手を探しているようにも見える。

目が合った。あまりの眼光に、背筋が硬直する。

凪沙を医者だと認識したのだろう。男が救急車から降りて、大股《おおまた》で近づいてきた。

逃げ出したくなるのを、ぐっと堪《こら》える。

「あんたが医者か？」

顔を近づけられて、凄まれた。

男からは、強烈なアルコールの匂いがした。

「はっ……、はい」

あからさまな舌打ちが返ってくる。

「大丈夫なのかよ。こんな若い姉ちゃんで！」

男の横を、ストレッチャーに乗せられた薫が通り過ぎていく。気づいた男が、慌てて追いかける。

「おい、もうちょっとだから頑張れよっ！」

救急外来中に響き渡るような声を張り上げる。

「ちょっと、鬼頭《きとう》さん。危ないので離れて下さい」

「心配なんだよっ！」

食い下がる鬼頭の前に、看護師が立った。

「申し訳ありませんが、付き添いの方は診察にご一緒できませんので、外のベンチでお待ち下さい」

毅然《きぜん》とした態度に屈したのか、鬼頭の足が止まった。

「わかったよ！　ちゃんとやってくれよ！」

吐き捨てるように言うと、踵《きびす》を返す。

再び鬼頭と目が合った。さっきよりも、鋭い眼光で睨まれる。

——半端なことをしたら、ただじゃおかねえからな！

そんな意図を感じた。

心臓が嫌なリズムで脈打つ。

これから診察するのは、鬼頭ではなく薫なのだと、心に言い聞かせる。呼吸を整えていると、隣の看護師が耳打ちした。

「ファーストの先生もコールしておきますか？」

凪沙は、チラリと薫に装着されたモニターを見た。バイタルはそれほど乱れてはいない。過換気症候群ならばすぐに治るだろう。

「大丈夫です。少し様子を見てから判断します」

「わかりました」

ストレッチャーの横に立つ。鬼頭のあまりの迫力に圧倒されていたが、ようやく薫の姿を観察できた。

ほっそりした女性だった。苦しいのだろう、上半身を起こして、胸を押さえながら速い呼吸を繰り返している。息を吐く時間が異様に短く、酸素ばかりを取り込み続けているのだ。

髪色が印象的だった。

ウェーブがかった長めのボブは、ブラウンをベースに、途中から鮮やかなオリーブグリーンに染め上げられていた。呼吸に合わせて、二色の髪が揺れるさまは、激しくシャウトするバンドのボーカルのようだった。

「鈴木薫さん。当直の綾瀬です」

乱れた前髪の隙間から、きつめのアイラインで囲われた、窪《くぼ》んだ目が覗《のぞ》いた。細すぎる体軀《たいく》同様、顔にも無駄な肉がない。

返事の代わりに返ってきたのは、激しい呼吸音だった。まだパニック状態から抜け出せずにいるのだ。

「先生……。検査、どうされますか？」

耳打ちしてきた看護師に、指示を出す。

「レントゲンと、採血をします」

「採血項目はどうしますか？」

過換気症候群は、他の重大な疾患を否定するのが大切だ。凪沙は、搬送前に想定した通りに項目を口にした。

「血算、生化と、感冒セットに凝固……、それに血液ガスも取っておきます」

血液ガス分析は、動脈から採取した血液から、酸素や二酸化炭素の濃度、代謝による酸塩基のバランスなどを確認する検査だ。必須《ひっす》の検査とまでは言えないものの、他の疾患鑑別の助けにはなる。動脈からの採血は静脈よりも困難だが、一緒にやってしまった方が薫の負担も軽くなるだろう。

凪沙は、薫に話しかけた。

「これから採血をします。動脈という少し深い部分から血を採るので、なるべく動かないようにして下さいね」

　薫の瞳に、大きな不安が浮かんだ。痩《や》せすぎの体躯に、奇抜に染め上げた頭髪、それに過呼吸発作……。メンタル的な問題を抱えているのかもしれない。それに、彼女も酒を飲んでいるようだ。

　早く検査を終わらせて、安静にしていてもらったほうがよい。

　凪沙は早速、薫の左手首を探った。皮膚に触れた瞬間、びくりとした反応が返ってくる。痛みに弱い人なのかもしれないし、過緊張が痛みの感覚を増大させているのかもしれない。

　凪沙は拇《ぼ》指《し》の付け根を走る橈骨《とうこつ》動脈を探った。拍動は感じられるものの、薫の拒絶が強い。思いの外強い力で、手を振り解《ほど》かれそうになった。

　薫に声をかける。

「鈴木さんっ。採血する時は危ないですから、手を動かさないで下さいっ。すぐに終わりますから、深呼吸して下さい」

　しかし、凪沙の声に反発するかのように、薫の上肢には、一層力が込められた。呼吸も速まり、声が届いている様子がない。

　こんなにも暴れられた状況で橈骨動脈に針を刺しては、最悪動脈を損傷してしまう。

そんな危険が頭をよぎった。

「肘《ひじ》の血管を見てみるので、腕を押さえていてもらえますか?」

看護師に指示して、左の肩と前腕を押さえてもらう。薫は相変わらず抵抗しているものの、腕は固定された。

肘窩《ちゅうか》の正中を探ると、上腕動脈の見事な拍動が指に伝わってきた。あまり選択しない血管だが、この状況では橈骨動脈からの採血よりも、はるかに安全だと思えた。

「肘からいきます。そのまま、腕を把持《はじ》して下さい」

看護師が頷《うなず》いたのを確認して、凪沙は再び薫に声をかけた。

「これから採血します! 危ないですから、動かないで下さいね」

そう言うと、凪沙は左肘窩正中に垂直に採血針を刺入した。

「いたあああいっ!」

叫び声が上がり、薫の上腕が強く拘縮《こうしゅく》するのが指に伝わって来た。刺入の痛みで、パニックがさらに酷《ひど》くなった可能性がある。しかし途中でやめるわけにもいかない。薫のメンタル状況を考えると、もう一度針を刺すのは危ない。

「しっかり押さえて下さい」

看護師に言って、動脈を探るように針を動かす。再び悲鳴が響いたが、程なく逆血が確認された。

しかし、薫の叫び声は一層大きくなった。

「痛いっ！　痛い痛いっ！　やめてってば！　針を抜いてよっ」

薫の上半身が、悶《もだ》えるように揺れる。

異常な痛がり方に、背中に嫌な汗が流れるのを感じた。

しかし、血液ガスシリンジには赤々とした血液が流れ込んでいた。その鮮明な朱色は、動脈血に間違いない。

「鈴木さん。血液採れていますからね！　もう少しだから、頑張って下さいね！」

薫の瞳《ひとみ》は、恐怖に慄《おのの》いていた。どこまでも沈んでいきそうな深い黒色に、ゾッとした。

「だから痛いって！　腕が痺《しび》れるの。お願いだから抜いてよっ！」

叫び声は、おさまるどころか、さらに増長した。

ジリジリした時間の中、ようやく十分な血液が採取できた。そのことにホッとする。

あとは、針を抜けば終わりだ。

「お疲れさまでした。採血できたので、針を抜きますね」

しかし針を抜いた瞬間、これまでで一番大きな悲鳴が、外来に響き渡った。

「いやああっ！」

あまりの叫び声に、圧倒される。

次の瞬間、救急外来の扉が、これまた物凄《ものすご》い勢いで開かれた。ドスドスという大きな足音は、鬼頭のものだった。

「おい薫！　大丈夫なのか！」

咄嗟《とっさ》に看護師が止めに入る。

「ちょっと……鬼頭さん、困ります。診察中です」

「うるせえ！」

看護師を押し退けて、鬼頭がずんずんと近づいて来た。

腕を押さえている薫を見て、鬼頭が吠《ほ》えた。

「どういうことだ！　薫に何をしたんだ？　今すぐ説明しろ！」

鬼頭の視線は、凪沙に突き刺さっていた。

説明責任があるのは、自分以外にいない。凪沙は、足を一歩前に踏み出した。血の気が引いた足には、まるで感覚がなかった。

「ひ……肘から採血をして……、痛みがあったようなのですが、途中で止めるとかえって危険なので……、最後まで検査をしました。血液は無事に採れたので、ご安心……下さい」

声がうわずり、制御できないほど震えてしまった。自身の情けない声に誘発されるかの如く、全身が小刻みに震え出した。

「安心できるわけねえだろう！　俺だって採血くらいされたことはあるが、こんなのおかしいだろうが！」

「それは……」

口籠《くちご》もっていると、薫が口を開いた。

「腕が……、動かないっ」

あまり大きくないはずの薫の声は、外来中に響き渡った。

凪沙は、薫に目をやった。

左腕を押さえている。その腕は、奇妙なほど、だらりと垂れ下がっていた。

「痺れがなくならないの……。腕に……力が入らない」

青ざめた薫を見れば、嘘を言っているとは到底思えなかった。

全身から血の気が引くのを感じた。

針は動脈に当たっていたはずだ。一体、なにがあったのだろう？　これまで、採血でこんな状況に陥ったことはなかったのに。

大量の思考が頭を巡る。しかし、一片の言葉も出てこなかった。

「おい薫！　大丈夫なのかよ！」

「わかんない。……力が入らないの」

焦燥した声は、凪沙の動揺を強めた。

顔を真っ赤にした鬼頭が、詰め寄ってくる。

「どういうことか、きちんと説明しろよ！」

あまりの剣幕に圧倒される。

「これは……」

言葉が一つも浮かばなかった。

なにが起こっているのか、自分でも理解できていないのだ。

言葉が出てこない。しかし、ひと時経つごとに、鬼頭の怒りが増大するのが見てとれた。

「医療ミスなんじゃねえのか？」

これまでの激情的な声と比べ、異様に冷たい声だった。それが、やけに現実的な恐ろしさを凪沙に実感させた。

訴えられる。そんなことが、頭をよぎった。

『訴訟にでもなったら、医師免許はパーだ』

関口の言葉が、頭の中で何度も反響する。

気づけば、思考力を根こそぎ奪われていた。

「おいっ、なんとか言えよ！　お前がやったんだろう？」

鬼頭がさらに詰め寄ってくる。

「け……、検査による合併症なんです！」

防衛本能のようなものだったのかもしれない。しかし、咄嗟《とっさ》に出た言葉を聞いた鬼頭の額には、みるみるうちに血管が浮かび上がった。

鬼頭が吠えた。

「適当なこと言うんじゃねえよ！　採血するだけで腕が動かなくなったら、たまったもんじゃねえ！　このまま治らなかったら、あんた責任取れんのかよ！」

なにも言い返せなかった。謝ってしまっては駄目だ。訴訟になったら終わりだ。そんなことだけが頭を巡っていた。

呆然《ぼうぜん》と立ち尽くしていると、救急外来の扉が開いた。

「院内ではお静かにして頂けませんか？」

しわがれた男性の声が響いた。壮年の白衣の男性だ。

「なんだテメエは？」

獲物を見つけた狼のように、鬼頭が男に詰め寄る。鬼頭を見た白衣の男は、顔をしかめた。

「当直医です」

どうやら、看護師が気を利かせて呼んでくれたらしい。思わぬ助け船に、凪沙は胸を撫《な》で下ろした。

「だったら、すぐ薫をみろよ！　大変なことになってんだぞ」

もう一度眉《まゆ》をひそめて、当直医が小さく咳払《せきばら》いをする。

「話は聞きました。今診るので、どいてください」

鬼頭が渋々といった表情で道を譲る。医師は薫の脇に立った。

「腕、診せてください」

怯《おび》えた様子の薫の左腕を、粗雑に取った。

「痛いっ！」

叫び声に構わず、医師は左手を観察している。

「拘縮もないし、指も動いてるな」

それだけ言うと、薫の腕を下ろした。モニターを一瞥《いちべつ》して、ゆっくりと口を開いた。

「採血の際に、神経を触っただけでしょう」

冷静な……というよりも、あまりに感情のこもらぬ声だった。

「なんだって？」

嚙《か》みつかんばかりの鬼頭に、被《かぶ》せるように医師が言葉を重ねる。

「採血で起こりうる合併症の一つです。自然によくなるでしょう」

「こんなに痛がってるんだぞ！　本当に大丈夫なのかよ」

「わかりません」

「はあ？」

医師がため息をついた。

「今の時点では、おそらく大丈夫ということしか言えない、ということです。採血は終わっているんですから、検査は完遂できています。神経を切断してしまうほど、針が神経の中心を通るというのはおそらく起こらないでしょう。だから時間を置いて、なお痛みが酷《ひど》くなるようなら、また来院してくださいと申しあげたのです」

鬼頭に意見する間を与えないかの如く、その口調は早い。

これまで高圧的だった鬼頭が、初めてたじろいだ。

「なんだよその言い草は。まさか、あんなに辛《つら》そうなのに、俺たちに帰れって言ってるのか？」

医師が一歩前に出た。

「あなた方は、過換気発作で救急車を呼んだんでしょ？　このやりとりの間に、彼女の発作はすっかり落ち着いています。だから一旦《いったん》自宅で様子を見てくださいと言ってるのです」

「検査のせいでこんなになったってのに、よくそんなことが言えるな。あんなに若い医者に薫を診察させやがって」

鬼頭の勢いは、明らかに削《そ》げていた。医師が畳み掛ける。

「今は診療時間外です。どこの病院でも、救急時間帯では若い医者が診るものです。過呼吸発作は治ったので、どうぞお帰り下さい」

医師が、外来の扉を顎《あご》で指した。

しばらく睨《にら》み合いが続いた後、鬼頭が吐き捨てるように言った。

「治らなかったら、ただじゃおかねえからな！」

「ですから、その時は再診して頂いて結構です。今度は診療時間内に……ね」

大きな舌打ちをした後、鬼頭は薫を連れて外来を出て行った。

薫の左腕は、最後までだらりとぶら下がったままだった。

二人の姿を呆然と見送っていると、医師がくるりと振り向いた。

「君は……、研修医か？」

「はっ、はい。今年の春に医者になりました」

医師は、鬼頭たちが去った扉を見つめている。まるで汚らわしいものでも見るかのような、濁った瞳《ひとみ》だった。

「ああいう輩《やから》には、毅然《きぜん》とした態度を取らないと、いつまでも居座るんだよ」

ああいう輩とは何を指すのか、訊《き》ける雰囲気もなかった。

「よく覚えておきなさい」

それだけ言うと、くるりと背を向けて、外来から出て行った。

「あっ……、ありがとうございました」

凪沙は、深々と頭を下げた。

心臓が、思い出したかのように激しく脈打ち始めた。

鬼頭たちが病院を出ていったことに対する安堵《あんど》だけが、心を占めている。

患者から、あんなにも憎しみが込められた目を向けられるなど、想像すらしたこともなかった。


週末を挟んで、三日が経った。

研修医の忙しい日々で、はじめての土日のまとまった休みだったはずなのに、ひと時も心が休まらなかった。

頭の中に、あの二人が何度もやってくる。

実際に、住所を聞きつけた鬼頭が突然自宅に乗り込んでくるような気がした。外に出るなんて気持ちには到底なれなかった。

結局、週末はずっと毛布に包《くる》まったまま震えていた。

薫のだらりと下がった左腕が、今頃どうなっているだろうかと思うと、気が気ではなかった。犯罪者に詰め寄るかのような、怒りと憎しみに満ちた鬼頭が恐ろしかった。

訴訟を避けることだけを優先するような、関口の『患者さま』理論を軽蔑《けいべつ》していた。

しかしそれは、彼の話を他人事《ひとごと》としてしか考えられなかっただけだと思い知った。命を扱う職なのだから、現実は甘くない。アクシデントが起きた瞬間に、患者は牙《きば》を剝《む》く。

真面目に働いていれば大丈夫。誠意があれば相手に伝わる。

心のどこかで、そんな考えを抱いていた。

しかし、いざ『訴訟』の可能性を目の当たりにした時、自分は何ができただろうか？　呆然と立ち尽くして、震えていただけだ。それどころか、薫の腕の異常を『検査の合併症』だと決めつけて、保身に走った。

本来ならば、謝罪すべきだった。

謝罪なんて、当たり前のように繰り返してきたはずだ。多美子の点滴を失敗した時だって、すぐに頭を下げた。でもそれは、相手に受け入れてもらえるという前提条件があったからなのだ。

だから、本当に苦しい場面で凪沙は逃げた。そんな自分に、関口を軽蔑する資格などない。

もしも訴訟にならなかったとしても、逃げ癖がついてしまったら、今後も自己保身に走ることを自身に許してしまうだろう。

その先にあるのはきっと、関口のような事なかれ主義の医者だ。あるいはあの当直医のように、相手が反論できない状況になるまで叩《たた》きにかかるような、高圧的な医者かもしれない。

私は、なぜ医者を目指そうと思ったのか？

凪沙は、多くの同期たちと違い、医療系の家の出ではない。裕福な家庭ではなかったし、親に医者という職業を強く勧められたわけでもなかった。

医師の道を目指すことを決めたのは、中学生の時だった。

生理痛が激しかった。初潮を迎えてから、悶《もだ》え苦しむほどの痛みが毎月襲い掛かってきて、学校にも通えない日が続いた。

拷問みたいな激痛はもちろんのこと、その痛みが誰からも共感されないことが、苦難に拍車をかけた。

担任の先生に辛さを吐露しても、「生理痛は我慢するしかないよ」とあっさりと返された。それどころか、何度も休みを繰り返すうちにやがて、「たかが生理痛で休むなんて……」と、非難めいた言葉を浴びるようにすらなった。

自分の痛みは自分にしか分からない。それを痛感した。

たとえ学生生活を乗り切ったとしても生理は続く。月の半分が辛いという状況を、誰に理解されることもなく何十年も耐え忍ばねばならないのかと思うと、人生に絶望した。

そんな中、助けを求めたのが近くの婦人科診療所だった。

『それは辛かったでしょう』

女性院長からかけられた言葉に、どん底まで落ちていた心が軽くなった。辛さに寄り添ってくれる言葉のありがたみを知った。その後に処方された低用量ピルは生理痛を劇的に改善し、人生が見違えるように明るくなった。

医療には人生を変える力がある。自分もあの院長のように、患者の辛さに共感し寄り添って、人生を変えてあげられるような医者になりたい。そう思って、凪沙は医師を志した。

金銭的に、進学できるのは国立大学だけだったので、死に物狂いで勉強して、一浪してようやく合格した。

患者の心に寄り添う医者になる。

それだけを目標に、一心不乱に勉強を続けたのだ。

だから、これでいいはずがないとは、もちろん分かっている。

しかし、迷っている間にも次の仕事がやってくる。

迷っている時間すらないのだ。

また……、月曜日が始まる。

「ちょっと、なんかあったの、凪っち？」

週が明けた朝、亜里佐が開口一番そう言った。

もうあの話が伝わっているのかと思い、身体が強張《こわば》る。

「なんで？」

「だって、来るの遅いじゃん」

「まだ九時前でしょ？」

亜里佐がため息をついた。

「今まで、私より遅くに病院に来たことなんてなかったでしょ。そんなの天変地異の前触れに決まってるじゃん」

やはり、亜里佐は鋭い。

「ちょっとね、こないだの当直で、色々あってさ」

「話してよ」

真剣な眼差《まなざ》しを無下にもできず、凪沙はあの件を説明した。

亜里佐から、どこか同情的な目が向けられた。

「そりゃあ災難だったわね……。それにしてもその付き添いの男、女の子を威圧するなんてロクな野郎じゃないわね」

「そうだけど、でもきっかけは私の採血だったから、やっぱり謝っておけばよかったかな……」

「なに言ってるのよ」

亜里佐が、目を見開いた。

「だって合併症でしょう？　医療行為で、何かある毎に全面謝罪なんてしてたら、私たち、医師免許が何枚あっても足りないわよ」

亜里佐が捲《まく》し立てる。

「採血で腕が麻痺《まひ》するなんて、普通あり得ないし、そんなことに一々気を回して採血する医者なんていないよ。今回の件は、交通事故にでもあったと思うしかないじゃん。気にすることないよ」

やたら早口の亜里佐が、凪沙を慰めようとしてくれているのは、痛いほど伝わってきた。

「まあでも、その人の腕がよくなれば、一件落着なんでしょ？　きっとなにもないから、気持ち切り替えて……」

しかし亜里佐の声は、突然鳴った院内携帯にかき消された。

画面には、『麻酔科　田崎《たさき》』と表示されている。田崎は、麻酔科部長と研修医担当を兼任している、いわば凪沙の上司だ。放任主義なのか、入職初日の挨拶《あいさつ》以来顔を合わせたことはない。

このタイミングで鳴った田崎からの電話に、嫌な予感しかしなかった。あの件についてに違いない。

「もしもし。研修医の綾瀬です」

声が震えてしまう。救急外来の記憶が蘇《よみがえ》り、動悸《どうき》を覚えた。

『ああ、もしもし、田崎です。ごめんね、朝早くに』

凪沙の心情とはまるで乖離《かいり》した、能天気な声だった。

「いえっ……、何かありましたか？」

もしかしたら、別件かもしれない。田崎の穏やかな声に、わずかな期待を抱く。しかしそれは、あっさりと打ち砕かれた。

『男女の二人組が、受付に怒鳴り込んできてるみたいなんだよね。当直の女医を出せって騒いでるんだって』

卒倒しそうになったところを、亜里佐に支えられる。

鬼頭たちが来たということは、薫の腕がよくなっていないのだろう。

「あのっ……、ご迷惑おかけしてしまい、申し訳ありません」

『いやいや大丈夫。事情は大体聞いてるから』

穏やかな声の裏にある真意が読めない。

鬼頭たちと対峙《たいじ》するのは怖い。しかし、病院から見放されてしまうのは、もっと怖い。

丸く収めるには、速やかに自分で解決するしかないと思った。

「わっ、私の不手際が原因なんです。今すぐ、患者さんたちの所に行って、話をしてきますっ」

電話を切ろうとすると、慌てた声が響いた。

『ちょっと待って！　綾瀬先生。タイムタイム！』

通話ボタンを押そうとした手が止まる。

ホッと、胸を撫《な》で下ろすような声が聞こえた。

『いま助っ人を送るから、研修医室で待機していて下さい』

「助っ人？」

『そうそう。とりあえず、しばらく単独行動は禁止でお願いします。今後のことは、彼に任せて下さい』

田崎は、それ以上多くを語らなかった。

「わかり……ました」

『はいはい。じゃあよろしくお願いします』

電話はあっさりと切れた。

状況に困惑する。今まさに、鬼頭たちは病院受付で暴れているはずだ。

「あの患者たちが来たら？」

とする。

崎先生から、ここで待機してろって言われたの」

亜里佐の声
た。

「そっちはやっておくから心配しないで」

言うと、手を振りながら亜里佐が部屋を出て行った。

もいない研修医室で、ポツンと座って助っ人を待つ。

時間は午前九時を過ぎた。医者になって、こんな時間に病棟にいなかったことなどなかったので、どこか疎外感を覚える。

三分ほど経って、澄んだノック音が二回響いた。

「失礼します」

入ってきたのは、細身のスーツ姿の男性だった。年齢は、凪沙よりも少し上だろうか。どこかで見たことがある気もするが、メガネをかけたビジネスマン然とした容姿は、どこにでもいそうに思える。助っ人というからには、筋骨隆々の頼もしそうな人が来るのかと思っていただけに、少し拍子抜けした。

凪沙に歩み寄った男は、名刺を差し出した。

「患者相談室の神宮寺《じんぐうじ》と申します」

　はじめて聞く部署だった。

「神宮寺……、まひとさん？」

「真に人と書いて、まさと、と読みます」

「すっ、すみませんっ」

「お気づかい結構です。五人に四人は読めませんので」

　言葉尻《ことばじり》に少しの棘《とげ》を感じた。多くを喋《しゃべ》らない真人《まさと》との間に、沈黙が落ちる。気まずい間を埋めるように、凪沙は口を開いた。

「患者相談室の方が、何故ここに？」

　真人の眉《まゆ》が、わずかに歪《ゆが》んだ。

「田崎部長から説明を受けていませんか？」

「あまり。……助っ人が来るとしか」

　がため息をついた後、凪沙に向き直った。視線が合う。メガネの奥の瞳《ひとみ》は、び
るくらい澄んでいた。

「鬼頭さまと 預かりとなりました」

鈴木さ すか？」

は、今後私が対応します。これからお二人と面談し、私が対

応窓口になることを説明して参ります」

「ええっ！　ちょっと待ってくださいよっ」

「なにか？」

「神宮寺さんは、患者相談室の人なんでしょ？　鬼頭さんたちの件は、相談ってレベルじゃないですよっ」

鬼頭の憤りぶりは、もはや着火寸前の爆弾のはずだ。一つ間違えば、即大爆発するし、まさにいま爆発中の可能性すらある。

ヒョロリとした、いかにも事務方の真人が対応できるとはとても思えない。先程の田崎の、のんびりとした口調を考えても、事態の深刻さをあまり認識していないのかもしれない。

「クレーム対応も、私たちの仕事です」

飄々《ひょうひょう》と言ってのける姿からは、やはり状況を理解していないのだと感じた。

「あのっ……、相手は……、その……、あまり話が通じないタイプなんですよ。しかもいまは、すごく怒っているんです。……私のせいですけど」

「話はうかがっています。お医者さまの対応で、先方が激昂《げきこう》してしまったケースには多々対応しておりますので、ご安心ください」

「うっ」

真人の言葉が、ちくりと胸を刺した。敬称であるはずの『さま』の響きは、関口のそれに似ていた。この人は、あまり医者を好きではないような気がする。

「綾瀬先生」

「はっ、はいっ」

心の中を見透かされているような絶妙なタイミングで名前を呼ばれて、声が裏返ってしまった。

「双方の話し合いが終わるまでは、お二人と接触するのは避けていただくようお願いします。経過は逐一ご報告しますので、以後、通常通り業務にあたってください」

「えっ」

耳を疑った。凪沙が鬼頭たちと対峙せずに、この件をおさめるなんて発想など、微《み》塵《じん》も持っていなかったからだ。

「では、先方をお待たせするのは得策ではありませんので、これで失礼します」

ひらりと背を向けて、さっさと部屋を出ようとする。

「ちょっと……、待ってってば！」

凪沙は、反射的に扉の前に割り入った。

真人が怪《け》訝《げん》な表情を見せた。

「なにか、ご不明な点でも？」

かしこまって訊《き》かれても、頭の中がまるで整理できていない。

でも、真人の提案を受け入れる気持ちにはなれなかった。

「私が対応しないのは、なんか違う気がしますっ」

小学生のような物言いに、思わず頰が熱を帯びた。しかしやはり、自分が関与しないのは、面倒ごとを押し付けるようで、正しいこととは思えなかったのだ。

「こういったケースはそれなりにありますし、それに対応するのが私たちの仕事です」

「でもっ、私は当事者ですよね？　当事者抜きで話を解決するのは、変じゃないですか？」

真人が、僅《わず》かに眉を下げた。

「おかしくはありません。あなたは、当事者でもありますが、あくまで聖海病院のスタッフです。今回の件は病院として対応する事案だと上層部が判断したのですから、私が出るのです」

「そうですけど……」

真人の言葉は正論なのであろう。それでも言い淀《よど》む凪沙の言葉を遮るように、真人が切り出した。

「先方のことは一旦《いったん》忘れて、業務にあたって下さい。お医者さまの仕事は、お医者さまにしか許されていないのですから」

しかし、それだけ言われても、凪沙は動くことができなかった。

鬼頭たちと直接顔を合わせなくていいと言われた時に、ホッとしたのも事実だ。しかし、それでいいのかと自身の心が訴えかける。

気持ち悪いなにかが、心にずっとへばりついているのだ。

「納得できませんか？」

「……できないです。私は、あの人たちのことを忘れて仕事に臨めるほど、器用な人間じゃないんです」

真人が困ったように眉を下げた。駄々を捏《こ》ねる子供みたいな主張に、手を焼いているだけかもしれない。

「他のお医者さまたちは、通常すんなり引き継いでくれるのですが、綾瀬先生は、一体何がそんなに引っかかっているのですか？」

真人に問われ、自問する。

気持ち悪さの正体は、なんなのだろうか？

ここ数日のぐちゃぐちゃとした記憶が、頭を駆け巡る。

何もできなかった自分、当直医の攻撃的な対応、憤る鬼頭、怯《おび》えた表情の薫、関口の外来診療……。

もしも、真人に鬼頭たちの件を対処してもらっても、結局モヤモヤを抱えたまま仕事を続けることになる。それでは自分は、患者と向き合っているとはいえないのではないだろうか。
目指したかったのは、そんな医者ではないのだ。
今がターニングポイントだと凪沙は感じていた。ここで逃げるべきではない。逃げ
てしまえば、二度と理想を追えなくなる。
そう思うと、抱えこんでいた感情が溢《あふ》れ出した。
「研修医になってから、ずっとモヤモヤしていたんです！　理想と現実がうまく嚙《か》み
合わないのに、仕事でミスしたらいけないと思って、それを見て見ぬふりをしてた。
そんな中途半端なことをしてたから、あんなことが起きたんだと思います。きっと、
私じゃなかったら、鈴木さんはあんなことにならなかった。だからやっぱり、私が悪
いんですっ。これは、私が解決しないといけない問題なんです！」
感情に任せた自分の言葉は、自身でわかるほど支離滅裂だった。
何故、初対面の真人に、こんなにも感情を曝《さら》け出しているのだろうか。しかし不思
議と、真人は凪沙の心の迷いを受け入れてくれるような気もしたのだ。
メガネを直した真人が、静かに口を開いた。
「綾瀬先生のおっしゃることは、よく分かりました」
それほど抑揚のない口調にもかかわらず、何故か心が軽くなる。

「今回の件が、あなたにとって、とても重要であるということなんですね？」

たったそれだけの言葉なのに、不思議と目頭が熱くなった。抱えていた悩みを理解されただけで、こんなにも心が温かくなるなんて、思ってもいなかった。

「はいっ……。私の感覚的なものですけど」

涙を堪《こら》えながらの言葉は、小さく震えてしまった。

「一点お伺いしたいことがあるのですが」

「なんですか？」

「仮に先方と直接会えたとして、綾瀬先生がやりたいことってなんでしょうか？」

正直、そんな先のことまで考えていなかった。今は責任を持って二人に対応したい。でも……、そもそも責任ってなんだろう？

「大事なことです。綾瀬先生は、今回の件について、納得できる帰結はどんなものだとお考えですか？」

真人と話していると、こんがらがっていた思考が解かれていく。論点が単純化されていくような気持ちになった。

恐怖、自責、建て前、全部を一旦取り払って、自分の心に訊いてみる。

私が一番やりたかったことってなんですか？

「私は、二人に謝りたい」

驚くほどすんなりと、その言葉が口から飛び出てきた。

真人は、相変わらず沈黙しているが、その顔には、驚きが浮かんでいるようにも見えた。

「……私、なにか変なことでも言いました？」

小さな咳払《せきばら》いが返ってくる。

「驚きました。正直、お医者さまからそんな言葉を聞くとは思いませんでしたので」

「どういうことですか？」

「気になさらないでください。先方に謝罪したい。それがあなたの望むことなのですね？」

真人は厳かな空気を纏《まと》っている。実直な目で見つめられると、まるで法廷の証言台に立っているような気持ちになった。

「はい。やっぱり、私が謝らなくちゃいけないと思います」

「全面的に謝罪すれば、あなたは先方から訴えられてしまうかもしれませんよ？」

ゾクリとした。首筋にナイフを当てられたような感覚だった。

やはり、訴訟は怖い。それを改めて自覚する。

「私、やっぱり訴えられますか？」

「わかりません。それを決めるのは先方ですから」

段々と分かってきた。真人は嘘を言わない人だ。

だったら、自分も正直な気持ちをぶつけるべきだ。

「それでも私は謝りたい。鈴木薫さんに謝れないままの私じゃ、この先、目指したかった医者になんてなれないんですっ」

少し間が空いた。真人の真っ直ぐな眼差《まなざ》しは、凪沙の覚悟を量っているようにも思えた。

ジリジリとした時間のあと、真人がゆっくりと口を開いた。

「わかりました。では、一緒に行くことを許可します」

「あっ、ありがとうございます」

真人が、スッと手を上げた。

「ただし、やはり直接対面はまだ控えて下さい」

「なっ、なんでですか？」

「謝罪の場は私が用意します。今はまだ、条件が揃っていません」

「条件……ってなに？」

「それは、おいおい説明します。然《しか》るべき時に、然るべき場所を用意します」

「然るべき時って……、いつくらいなんですか？」

「わかりません。今日かもしれないし、一週間後か一ヶ月後、もしくは一年後かもしれません」

なんとなく答えは分かっていた。真人は嘘をつかない。

「いつとは明言できませんが、綾瀬先生の謝罪の場は、私が必ずご用意します。それでよければ、同行を許可します」

澄んだ瞳《ひとみ》からは、誠実な心を感じた。

この人が言うなら、必ず約束を守ってくれる。そう感じられた。

「わかりました」

「ではこれから、話し合いの場へご案内します。大分時間を消費してしまいましたので、急ぎます」

真人が踵《きびす》を返す。

「どこに行くんですか？」

思わず訊《き》くと、体ごとぐるりと振り返って、改めて凪沙に対面する。この人は、相手に正対しないと会話ができないらしい。

「患者相談室です」

端的に言って、真人は再び反転して、今度こそ歩き出した。

患者相談室は、駐車場に繋《つな》がる第二玄関口の近くにあった。待合室には多くの患者が座っている。

「こんなところに相談室があったんだ」

思わず口にすると、真人の冷ややかな声が返ってきた。

「お医者さまからは、ほぼ認知されていません。こちらへの紹介は、事務員と看護師からが大半ですので。事務室はこちらです」

待合室奥の戸の先には、研修医室と同じくらいの部屋が広がっていた。六つ並んだ事務机には、大量の書類が積み重なっている。

部屋にいたのは二人だけだった。

高い背を緩やかに曲げた白髪の男性は、田崎だ。

「おお神宮寺くん。遅かったね」

「申し訳ありません。少々事情がありまして」

すると、後ろにいた凪沙に気づいたようだ。

「あれ、綾瀬先生も来たの？」

あまりにもフランクな物言いに動揺する。凪沙は、田崎の前に走り出て頭を下げた。

「あのっ……、この度はご迷惑をおかけして申し訳ありませんでしたっ」

「いやいや、気にしないで大丈夫だよ」

眉《まゆ》を下げて穏やかに笑う様子からは、いかにも好々爺《こうこうや》といった印象を受けた。

「こちらは、患者相談室室長の向田《むこうだ》さん」

隣に立つ、背の低い女性を紹介した。

「向田です。綾瀬先生、よろしくお願いします」

二人で並ぶと、凸凹感がすごい。

メガネをかけた向田も、田崎と同じような穏やかな笑顔が印象的だ。田崎よりも黒髪が残っている様子を見ると、五十代後半くらいだろうか？

「よろしくお願いします」

簡単な挨拶《あいさつ》を交わすと、真人が割って入った。

「状況を教えて下さい」

二人とは違い、真人の表情には緊張が浮かんでいる。

「今、面会室で待って頂いているわ。こっちに来てもらうのは大変だったわよ。先方はカンカンねえ。私、鬼頭さんに食い殺されるんじゃないかって思ったわ」

ホホッと笑う向田からは、切迫感が全く伝わってこなかった。

「説明室でも大分待たせちゃってるよ」

田崎の視線が、一台のモニターに向けられた。

それを追うように、凪沙もモニターを見る。

五畳ほどの部屋が映っていた。緑の壁紙に囲われた部屋に、簡素なテーブルが置かれている。

そこに座った二人を見て、息を呑《の》んだ。

鬼頭と薫だ。薫は、うつむいてテーブルを見つめている。左腕はだらりと下がったままだ。隣に座った鬼頭は、まるで獲物を探すライオンのように、全身の毛を逆立てている。

心臓が、煩わしい音を掻《か》き立てた。

ついさっきまで、自分が対応するなどと意気込んでいたはずなのに、画面越しの二人を見ただけで、一切の言葉が出なくなる。

「大丈夫？」

向田の柔らかな声が、耳に響いた。

「……すみません」

自分の情けなさに嫌気が差す。

「謝らなくていいのよ。怖いのは普通のことだから」

隣でモニターを確認していた真人が、スッと背筋を伸ばす。

「これ以上お待ち頂くのは、得策ではありませんね」

田崎が、モニターを見ながら答えた。

「うん。じゃあ神宮寺くん。よろしく」

「わかりました」

端的に答えると、真人はさっさと部屋横の扉へと向かった。

「ちょ……、ちょっと」

「なんですか？」

「一人で行くつもりですか？」

「そのつもりですが」

「でもっ……危なくないですか？」

答えたのは、田崎だった。

「何人も出て行ったら、威圧感が出ちゃうでしょ」

飄々《ひょうひょう》と言いのける田崎からは、全く威圧を感じない。

隣の向田が、短い腕をグイッと曲げた。

「私たちは、いざとなった時のための、助っ人要員よ」

ぽっちゃりとした腕は、いざとなった時にどうにかなるとは思えなかった。

「やっぱり、危なくないですか？」

自分のことで真人がやられてしまっても、夢見が悪い。

「せめて当事者の私が一緒にいた方が……」

その時、肩にポンと田崎の手が置かれた。

「まあ、まずは彼に任せてみようよ」

穏やかな口調は、先ほどと全く変わらない。そんな田崎に、なぜか反論できなかった。

「では、行ってきます」

真人の静かな声が響いた。

くるりと反転した背中は、相変わらずピンと伸びていた。

真人の背中を満足そうに見送った田崎が、小さくつぶやいた。

「一緒に見てみよう。彼は、クレーム対応のプロだ」

視線の先の大きな背中は、颯爽《さっそう》と扉の先へと消えていった。


『遅《おせ》えじゃねえかっ！』

真人が扉を開いた瞬間に、鬼頭の怒号が響いた。

モニターに食いつくようにして、凪沙はその様子を見ていた。画面越しにもかかわらず、その声に圧倒される。

「まあ綾瀬先生、お茶でも飲みながら話し合いを見ようよ」

田崎が、温かな緑茶を置いてくれた。

「こんなの話し合いじゃないです。一方的な恫喝《どうかつ》じゃないですか」

『俺は、あの女医を連れて来いって言ったはずだが、テメエは一体誰なんだよ？』

鬼頭はやはり凪沙を指名している。心臓が一層鼓動を速めた。

『自己紹介が遅れてしまいました。私は、患者相談室の神宮寺と申します』

真人が、名刺を差し出した。鬼頭が、それを奪い取る。

『相談だあ？　俺はそんな生ぬるいことをしにきたんじゃねえんだぞっ！』

鬼頭の言葉は、相変わらず高圧的だった。しかし真人は、その声には全く動じる様子がなく、薫に体を向けた。

『鈴木薫さま』

薫は、テーブルを見つめたままだ。一呼吸あけて、真人が頭を下げた。

『この度は、私たち聖海病院の対応で、多大なるご不便をお掛けしてしまい、大変申し訳ありませんでした』

背筋が伸びた美しいお辞儀姿。丁寧な謝罪の言葉。

この光景は、どこかで見たことがある。

「ああっ！」

凪沙は思わず声を上げてしまった。田崎の腰が小さく浮いた。

「急にどうしたの？」

「神宮寺さんって、研修説明会でプレゼンしていた……」

なぜ気が付かなかったのだろう。凪沙に聖海病院での研修を決意させたプレゼン担当が、真人だったのだ。

「そうそう。あれ素晴らしい発表だったよね。神宮寺くんに頼んでよかったよ」

「本人は嫌がってましたけどねえ」

お茶を啜《すす》りながら、田崎と向田が笑い合った。

混乱した頭を必死に整理する。凪沙を魅了したプレゼンをした真人に言いたいことは山ほどある。しかしそれよりも大事なことは、真人が、頭を下げたということだ。

「謝っちゃいましたよ、神宮寺さん」

「謝ったねえ」

田崎の呑気《のんき》な声が返ってきた。

「全面的に謝ったら訴えられるって、神宮寺さん本人が言ってたんですよ」

訴訟にならないために、あの人は鬼頭たちの前に出ていったのではないのか？　こんなにあっさり謝罪するなら、自分が行ったって変わらなかったのではないか。

鬼頭がテーブルを思い切り叩《たた》いた。物凄《ものすご》い音がスピーカーから聞こえてきて、凪沙は現実に引き戻された。

『こんなにあっさり認めやがって！　だったら、全部テメエらがやらかした医療ミスだってことでいいんだなっ？』

鬼頭の怒鳴り声が、グサグサと耳に突き刺さる。

「ほら、部長……。やっぱり私、訴えられるじゃないですか」

絶望感に苛《さいな》まれた。しかし田崎は、のほほんとお茶を飲んでいる。

一介の研修医は、こんなにもあっさりと病院から見捨てられるのだろうか？　真人を真摯《しんし》で誠実な人間だと信じたのは、間違いだったのだ。昔から、私は他人を信じすぎなのだ……。

いよいよ思考がグチャグチャになった時、茶を啜り終えた田崎が、口を開いた。

「大丈夫。神宮寺くんは、全面的な謝罪なんてしてないから」

「……えっ」

画面から、真人の凜《りん》とした声が響いた。

『その件に関しましては、現在院内調査委員会にて状況確認中ですので、この場での回答は控えさせて下さい』

その言葉に、鬼頭が呆気《あっけ》に取られたような表情を見せた。

「口、開いてるよ、綾瀬先生」

慌てて口を閉じる。自分も鬼頭と同じような顔をしていたのだろう。しかし、それも仕方のないことだ。

「おかしいですよ。だって、神宮寺さん謝ってたじゃないですか」

わけがわからない。

「聞いてなかったかい？　神宮寺くんは、先方に不便をかけてしまったことについて謝罪したんだよ」

たしかに……、と納得しそうになり、首を振る。

「そんな屁理屈《へりくつ》、鬼頭さんには通じないですよ」

「通じるまで何度でも話すんだよ。でも、ただ採血をしただけなのに、相手は大変な苦痛を感じているんだ。まずは謝罪の心を示すのは基本のキだよね」

その言葉が、心にチクリと刺さる。基本のキができなかったのは、凪沙に他ならない。

うつむく凪沙を見て、田崎が穏やかに笑った。

「要は、謝罪の仕方が重要ってことなんだよ。でも私たち医者は、そんなことは習っていない。だからしばしば患者さんと拗《こじ》れてしまうんだ。綾瀬先生が悪いんじゃない。それを教えてこなかった医学教育が悪いし、謝罪の仕方を学んでこなかった先輩たちだって悪い」

関口や、あの当直医の態度を思い出すと、田崎の言葉がびっくりするほど腹落ちした。

「覚えておいて損はないよ。謝罪は、事実に対してのみ行なうのが基本だ。あやふやな謝罪をしてしまったら、それこそ神宮寺くんが言った通り、簡単に訴訟になる。多くの医者は、それを恐れて謝れなくなるんだ。結局は、謝り方を知らないだけなんだよね」

目から鱗《うろこ》が落ちた。正しい謝罪のやり方を学ぶなんて発想は、これまで持ったこともなかった。

再びモニターに目をやった瞬間、鬼頭の怒号が響いた。

『そんな屁理屈で納得できるかよっ！』

思わず首をすくめる。鬼頭の声はそれほど強い。

真人は、まるで動じている様子もなく、鬼頭に体を向けた。

『おっしゃるとおりです』

真人の目線は、全くぶれるところがない。

『私どもも、鈴木さまたちにご納得頂けるような解決を望んでおりますし、ご納得頂けるまで何度でも話し合いを重ねる所存です』

前のめりだった鬼頭が、僅《わず》かにたじろいだ気がした。

真人の凜とした立ち姿は、真人が防戦している側だということを忘れさせてしまうほど、美しくて揺らぎがない。

鬼頭が吠《ほ》える。

『こっ……、このまま薫の腕が動かなくなったらどうするんだよっ！　きちんと誠意を見せろってんだよっ！』

しかしその声からは、先ほどまでの勢いは感じられない。まるで、追い詰められた小動物の咆哮《ほうこう》のようだった。

食い入るようにモニターを見つめていると、田崎が口を開いた。

「クレーム対応の交渉には、いくつか鉄則がある」

「鉄則……ですか？」

田崎がモニターに映る真人を見つめる表情は、随分穏やかだ。真人を信頼しきっているように見える。

「こちらから誠意を提示してはいけない」

「えっ？」

つい先ほどまで謝罪の重要性を説いていたはずなのに、誠意を見せるなとはどういうことだろう？　禅問答のような言葉に、頭が混乱する。

田崎の奥から、向田がひょっこり顔を出した。

「誠意って言葉は、実は意外と抽象的なのよ。愛と一緒ね」

向田の言葉に呼応するように、モニターから真人の声が響く。

『もちろん、私たちも誠心誠意、今回の件に対応したいと考えておりますが、鈴木さまたちが望む誠意とは、具体的にはどういったことでしょうか？　おっしゃって頂ければ、それが対応可能なものかどうか、改めて判断させて頂きます』

向田が、満足そうに頷《うなず》いた。

「真人くんは、それをよく分かってるわ。相手が望む誠意がなんなのかは、相手から話してもらわないといけないのよ」

鬼頭は、腕を組んで真人を睨んでいる。

向田が、モニターを指しながら、さらに言葉を続けた。

「背中が丸まってるわね、鬼頭さんは不安なのよ。それに、腕を組んでいるのも、不安な心を隠そうとしているサインよ」

「姿勢だけでそんなことまでわかるんですか？」

「うん、他にも一杯あるわよ。無意識の癖ってのは、よほど意識しない限り、隠せないものよね」

のほほんとしている印象の向田だが、よく見るとその瞳《ひとみ》の奥には鋭い光が宿っている、……気がした。

「明確な反論がないところを見ると、鬼頭さんはプロの悪質クレーマーじゃなさそうだね」

田崎が、どこかホッとしているような表情でそう言った。

「クレーマーにプロも素人もあるんですかっ？」

「プロ集団は、明確な意図があるから。まあ、大体は金銭要求だけど……。そういう相手には、こちらも交渉のプロで対応しないと、簡単に足を掬《すく》われるよ。質問を重ねながら、相手の素性を慎重に見極めるのが大切なんだ」

知らないことばかりに唖然《あぜん》とする。もしも今回、相手が田崎の言ったプロクレーマー集団だとしたら、防具もなしに戦場に突っ込むようなものだ。真人が、直接対面を控えるように忠告した意味を、今更ながら納得した。

しばらく口籠《くちご》もっていた鬼頭が、ようやく言葉を返す。

『そっ、そんなことばかり言いやがって……。あんたら、訴えられてもいいのかよっ』

声だけは大きかったが、勢いは明らかに削《そ》げていた。しかし、ついに鬼頭の口から訴訟という言葉が明確に飛び出したことに、背筋に寒気が走る。

よほど不安気な表情をしていたのだろう。田崎がフォローするように口を開いた。

「訴訟をちらつかされるケースは圧倒的に多いよ。本気度はそれぞれだけど、ね」

「でもっ……。だったら、どうするんですか？」

田崎が、モニターに視線を送った。真人が答えを示してくれる。その目は、そう言っていた。

『そうですか』

真人の抑揚のない声が響いた。

『はあ？』

『私たちに、訴訟を止める権利はありません。やむを得ないことだと思いますので、そちらの判断にお任せ致します』

真人が、あっさり引き下がったことに驚愕《きょうがく》する。

「えっ……、えっ？」

田崎に疑問の表情を向けると、笑顔が返ってきた。

「訴訟を回避するために、代償を支払うような姿勢を見せてはいけないんだ。これも交渉の鉄則」

「そうなんですか？」

「言ってはいけないことは絶対に言わず、言わなきゃならないことはきちんと言って、相手の理解を得る。神宮寺くんがやっていることは、まるで地雷原を歩いているような難しい交渉だ。まあ、医療も似たところがあるけどね」

鬼頭は返す言葉を失っているようだった。真人の交渉テクニックが、鬼頭の怒りを上回っているのだ。

しかし、気になることがある。

隣に座っている薫は、未《いま》だ一言も喋《しゃべ》っていない。虚《うつ》ろな瞳からは、感情すら読めなかった。

仮に、真人が鬼頭を上手《うま》く説き伏せたとして、それが果たして円満な解決なのだろうか？　そんな疑問が頭をよぎった。

「あの……、田崎先生」

「なんだい？」

「交渉のテクニックが重要だということはわかったのですが……、それだけでなんとかなるものなのでしょうか？」

「ならないよ」

驚くほどあっさりと、田崎はそう言ってのけた。

「口、開いてるよ」

「すっ、すみませんっ」

慌てて、口を閉じる。

田崎は、穏やかな笑みを崩さない。

「綾瀬先生はさっき、こんなの話し合いじゃないって言ったでしょう？」

「たしかにそう言いました」

「そのとおりなんだよ。だから、まず話し合いの場を整える必要がある。交渉テクニックは、あくまでその為の手段でしかない」

たしかに、鬼頭は怒鳴り散らすのをやめている。気づけば、真人との間には、会話のキャッチボールが成立している。

真人は、言葉を交わす中で話し合いのルールを規定していったのだ。田崎の説明からすれば、話し合いの場は整いつつある。

「テクニックで話し合いに持ち込んだ後は、どうなるんですか？」

田崎が、自身の左胸をポンポンと叩《たた》いた。

「お互いの心をぶつけ合うしかないよ。だって人間だもの。意見を言い合って、理解して、最終的に双方の着地点を探すんだ。人は千差万別だ。ここからは、テクニックでどうにかなる話でもないよ」

謝罪できる時がいつになるのか分からない。真人が言ったことの意味が、田崎の言葉に集約している気がした。

向田が口を開いた。

「鈴木さんの気持ちが気になるわよね」

その声に釣られて、再び薫に目をやった。鮮やかな緑の髪に隠れた表情は、相変わらず読み取れない。

「ずっと髪を触ってるわ。これも不安を表すサイン……。会話の主導は鬼頭さんだけど、鈴木さんの気持ちが知りたいわ。なんと言っても、当事者なんだから、ね」

向田の声が聞こえているかのように、真人が薫に話しかけた。

『鈴木さま……』

薫が、肩をピクリと動かした。

『あの日のことを、私に教えて頂けませんか？』

穏やかな声に、薫はようやく顔を上げた。

虚ろな瞳だった。救急外来で、最後に凪沙に向けられた、怯《おび》えた表情。その瞬間から、彼女の時が止まっているように錯覚した。

『あなたから見たあの日の状況を、話して欲しいのです。なんでも構いません。私どもの対応に、どんな疑問を感じているのか。そして、私たちに何を訊《き》きたいのか。思い出すのは辛《つら》いかもしれませんが、お願いできませんか？』

真人の言葉が終わった後、しばらく沈黙が落ちた。薫も、真人も、そして鬼頭も……、誰も喋らない。凪沙は、静寂に満ちたモニターに見入っていた。

やがて、沈黙に耐えきれない様子で動いたのは、鬼頭だった。

『おい薫。別に話さなくてもいいんだぞ。俺が代わりに……』

『怖かったの』

鬼頭のダミ声を遮って、少し低めの透き通るような声が響いた。初めて聞いた、悲鳴以外の薫の声だった。

当日を思い出して辛いのだろうか、声が震えている。

真人が薫の向かいの席に座った。わずかに前傾し、薫の虚ろな目を真っ直ぐに見据える。

『なんでも話して下さい。私が責任を持って当該医師に伝えます』

その言葉に誘導されたように、薫がゆっくりと話し出した。

『息が苦しくて、視界がぼやけた中だった……。私は救急車に乗るのも初めての経験で、不安なまま病院に到着したの』

所々言葉を詰まらせながらも、薫の説明ははっきりしていた。

『採血しますって言われて、急に腕を押さえつけられて……、なんのための採血か訊きたかったのに、いきなり針を刺されたんです。でもその瞬間』

薫の言葉が止まった。肩の震えが強くなった。

真人は黙ってそれを見つめていた。薫の言葉を急《せ》かすことはせず、傾聴の姿勢を崩さない。

どれくらい時間が経っただろうか。薫が、ポツリポツリと言葉をこぼし始めた。

『針を刺された瞬間、左腕に電気が走ったようなショックを覚えた。あまりに痛くて、針を抜いて欲しいって言ったのに、検査をやめてもらえなかった……』

薫が、こんなにも落ち着いて喋れる人間だったことに驚く。彼女の言葉を引き出すことができたのは、真人だったからだ。

一方で、私はどうだっただろうか？

薫を、話の通じない類《たぐい》の人間だと決めつけていた。付き添いの鬼頭の風貌《ふうぼう》を見て、薫の髪色を見て、痩《や》せた体軀《たいく》を見て、過換気症候群という疾患を見て、メンタルの異常を患ったパニック状態の患者だと、薫に勝手にレッテルを貼ったのだ。

これだけ辛い思いをさせるきっかけを作ったのは、間違いなく凪沙なのだ。自分があの日のことに恐怖を感じたのと同じくらい……、いや、それ以上に薫は恐怖だったのだ。

自身の不甲斐《ふがい》なさと、薫に対する申し訳なさを思うと、目頭が熱くなった。

ボロボロと涙がこぼれては、テーブルに跡をつける。

田崎が、ハンカチを差し出した。

「……すみません」

受け取って、涙を拭《ぬぐ》う。

「泣くのは、ここだけにしておいてね」

穏やかだが、芯《しん》のある物言いだった。

「どういう意味ですか？」

「まあ、おいおいわかると思うよ。涙を見せてしまっては、本当の意味での解決にはならないんだ。だから、鈴木さんたちの前では、絶対に涙を流さないって約束してね」

「わ……わかりました」

ぼやけた視界を拭い、再びモニターに集中する。

その後も、薫の話は続き、その時間は優に十分を超えた。真人はその間、姿勢を崩すことなく話に耳を傾けた。凪沙も、モニター越しに薫の訴えを目の当たりにした。

本音を言えば、今すぐ面談室に飛び込んで、謝りたい。しかしそれは、自分に対する逃げだ。

まだ何も解決していない。何をどう謝罪するのかも、明確に見えていない。今、相手に頭を下げるのは、逆に誠意がない。真人と薫たちのやりとりを見て、それを痛烈に感じた。

話し合いが始まって、四十分が経過した頃、田崎が呟《つぶや》いた。

「そろそろ総括かな」

「えっ」

「一回の面談時間は、おおよそ三十分、長くても一時間までに抑える。これも鉄則の一つだよ」

「でも、まだなにも解決していないですよね？」

「長時間の話し合いは、感情的な意見が再燃しやすいんだ。だから、まずはお互いに今回の話し合いを持ち帰って、また日を改めて話し合う。互いが納得するまで、何度でもそれを繰り返す」

田崎が説明を終えたのと同時に、真人が立ち上がった。

『お話しして頂き、ありがとうございました。お時間も経ってしまいましたので、今回の話は一度、院内会議に上げさせて頂きます。その結果を踏まえた上で、再度お話しさせて頂く場を頂きたいのですが、お二人のご意向は如何《いかが》でしょうか？』

薫は、小さく頷《うなず》いた。

鬼頭は、やや不満気だった。

『それまでの間に、なにかあったらどうするんだよ？』

言葉の奥に怒りは感じるが、当初から考えれば、驚くほど言葉の棘《とげ》は減っていた。

『もちろん、可能な限り、私が対応いたします』

真人が小さく頭を下げた。

鬼頭は、仏頂面のまま口を開いた。

『あんたを信用していいんだな。ええと……』

『患者相談室の神宮寺と申します』

『わかったよ、神宮寺さん。しっかりやってくれよな』

真人がもう一度頭を下げる。

『おい、行くぞ……、薫』

それだけ言うと、鬼頭たちは部屋を出て行った。

真人は、たった四十分の対面で、鬼頭から信用を勝ち取ったのだ。しかし、それも当然だと思えた。真人の態度は、一貫して真摯《しんし》で、揺らぎない態度には信頼を得るに足る安心感があった。

それになにより、真人は常に相手に寄り添っていた。

二人が部屋を出る。扉が閉じるその瞬間まで、真人は丁寧に頭を下げていた。

「ねえ綾瀬先生」田崎が、静かに声をかけてきた。

「実は、医療訴訟に至る過程では、接遇の不備によるものがかなり多いって言われている」

「接遇？」

「ざっくり言うと、患者さんに対する、適切なコミュニケーションだよ。しかし、逆に言うと真摯に接遇に向き合うことで、訴訟そのものを減らすこともできるってことだ」

田崎は、未《いま》だ頭を下げ続けている真人に視線を送った。

「うちは創設以来、一度も大きな医療訴訟を抱えていない。それは、彼らのおかげなんだよ」

その目には、確かな信頼が浮かんでいた。

凪沙は、戻ってきた真人に駆け寄り、頭を下げた。

「ありがとうございましたっ。……それからっ、ご迷惑をおかけしてしまい、申し訳ありませんでしたっ」

「私は私の仕事をしたまでです」

冷静な声が返ってくる。

「でもっ……」

言葉の続きは、田崎の声に遮られた。

「そうそう。ミスってのは、個人じゃなくて組織の責任だからね。皆でカバーするのが健全なチームなんだよ」

その言葉に、真人が反応した。

「その通りです。では田崎部長、チームとしてお願いがあります」

「なっ、なに？　神宮寺くん」

「鈴木さまの左腕の経過を、部長の外来で診てください。カルテ開示請求の可能性もありますし、仮に訴訟になった時には、経過証拠になりますので、記載はくれぐれも慎重にお願いします」

「さすが神宮寺くん。ソツがないね」

田崎が、ははは と乾いた笑い声を上げた。

続けて、向田に向く。

「室長。今後の医療費は当院持ち出しになりそうですが、その辺り、院長にも話を通しておいて頂けますか？」

テキパキと指示を飛ばす姿を見ると、患者相談室の実質的なリーダーは、真人のようだった。

向田が、短い腕をフニャリと曲げた。

「もちろん。院長には、嫌とは言わせないから任せておいて」

真人が、凪沙の前に立った。

「綾瀬先生」

「はいっ」

「今後は、鈴木さまの経過を慎重に診ながら、先方と協議を重ねますので、綾瀬先生は、お医者さまの仕事にお戻り下さい」

「え？」

冷たい言葉に戸惑う。凪沙は、今回の件を全て目に焼き付けるつもりでいたのだ。

先ほどの真人の話し合いを目の当たりにして、尚更《なおさら》その想いを強めた。

「では、私は業務に戻ります」

真人が、さっさと机に戻ろうとする。

「ちょっと、待って下さい！」

凪沙は、慌てて真人の前に割り入って、両手を広げた。

真人は、呆《あき》れたように眉《まゆ》を下げた。

「またですか……。なにかご意見でもあるのですか？」

「私は、あなたのことをもっと見ていたいんですっ！」

場が凍った。

少しの間を置いて、ヒュウと、向田の口笛が響いた。

「スミにおけないね。この色男」

「茶化さないでください」

真人の冷徹な返しに、向田が首を引っ込める。そのやりとりを見て、凪沙はようやく、誤解を与えるような物言いに気づいた。

「ちっ、違いますっ！　そういう意味ではなくて……」

「患者相談室の業務に就きたい、という意味ですか？」

「はい。私にとって勉強になるって思ったので」

「お断りします」

とりつくしまもない様子に、言葉を失った。

「あなたは、お医者さまです。あなたには、お医者さまとして学ぶべきことが、山ほどあるはずです」

突き放すような言い方だった。その表情からは、薫に向けていたような優しさが見えてこない。むしろ、敵意すら感じられた。

やはり真人は、医者を嫌っているのだ。

しかし、凪沙だって簡単に引き下がるわけにはいかない。

「学ぶべきことがここにあるからですっ。神宮寺さんの姿を見てわかったんです。私のなりたい医者を目指すために必要なことが」

真人は黙っている。

「先ほど、田崎部長が、組織はチームだっておっしゃってました」

田崎は、凪沙と真人のやりとりを静観している。田崎と目が合うと、穏やかな表情で頷いた。続きを話してごらん、そう促されたように思えた。

「恥ずかしいことですが、私は今まで、神宮寺さんたちの存在すら知らなかった。でも今日、あなたたちにどれだけ支えられているのかを実感しましたし、私はあなたたちの常識をなに一つ知らないことも思い知りました」

真人の目をまっすぐに見て言葉を伝える。この人は、どんな言葉だって、必ず聞いてくれるはずだ。

「チームだったらお互いを知ることが大切だと思います。だから私たち医者だって、あなたたちの仕事を知るべきだと思ったんです」

するど、向田が驚いたように声を上げた。

「あらやだ。昔の真人くんみたいなこと言ってるわ」

「えっ」

「やめてくださいっ!」

真人が、初めて声を荒らげた。それは一瞬のことで、振り向いた時には、冷静な表情に戻っていた。

「失礼しました」

「……神宮寺さん」

なにがあったのか、訊《き》きたかった。しかし、これ以上の詮索《せんさく》を拒むかのように、真人が言葉を発した。

「残念ですが、制度的にも無理なのです。あなたは研修医のローテーション中で、私たちの仕事は、研修医の履修項目でもなんでもありません。ですから、諦《あきら》めてください」

真人が再び背を向ける。引き止めたいが、言葉が出ない。

患者さんに寄り添う心を持った医者を目指すと誓ったじゃないか。そのためには、真人の仕事を学ぶのは絶対必要なのだ。

考えろ……。真人は、話が通じない人間ではない。明確なロジックがあれば対話できる。

その時、あの研修説明会の日が脳裏に蘇《よみがえ》った。

真人を引き止めるように、凪沙は声を上げた。

「神宮寺さんっ。研修説明会の日に、私たちにプレゼンしてくれたのは、あなたですよねっ？」

真人が足を止めて、振り返った。

「おっしゃる通りですが、それがなにか？」

「素晴らしいプレゼンでした。地元住民の希望に合わせて急拡大した病院、診療科間の垣根がなく、全ての医療を完遂できる総合病院。……それに、患者さんに寄り添った医療を提供するという、病院理念、どれも私の心に刺さったんです」

向田と田崎がコソコソ話し出した。

「あらやだ……。真人くん、そんなこと言ってたの？」

「ええ。素晴らしいプレゼンテーションでした」

「今さら後悔しないっていうか、後悔することはありません。

「ちょっと盛りすぎじゃない？」

真人が二人に反応した。

「私は、事実を述べたまでです」

少し苛《いら》立《だ》った声で言うと、再び凪沙に向き直る。

「あのプレゼンを聞いて、研修を決めたのはあなた自身であるはずです。今さら後悔を口にされても……」

「もちろんです。迷いはありましたけど、もう後悔しないって決めました」

はっきりと答えると、真人が訝《いぶか》しげな表情を見せた。

「では、何故あの時の話を？」

「研修医自身の意見を履修プログラムに反映できる。それも聖海病院の利点に挙げられていました。神宮寺さんが言ったことです」

真人は凪沙の意図を汲《く》み取ったようだ。渋い顔をする。

「たしかに言いました。しかし、我々の仕事は履修の適応外ですよ」

真人はたしかに、凪沙の指摘を認めた。それだけで十分だ。

「田崎先生」

「どうしたの？」

息を大きく吸って、凪沙は宣言した。

「私は、患者相談室での実習を希望します。患者さんの心に寄り添った医者になるために、絶対に必要なことなんです」

田崎の表情は穏やかだった。凪沙がそう宣言するのを、元々知っていたようにすら思える。

「いいよ」と、田崎があっさり頷《うなず》いた。

慌てたような声を上げたのは真人だ。

「部長。そんなもの、認められるはずありません」

「いいじゃない。面白そうだし」

田崎は、飄々《ひょうひょう》と言ってのけた。

「ねえ向田さん。履修計画書の変更届ってあったっけ？」

声をかけられた向田は、どこか楽しそうだ。

「ええ、こちらに。研修医対応は私たちだけでやってますから、この部屋になんでも揃ってます」

ガサゴソと机を探って、一枚のプリントを取り出した。

「ちょっと……、室長」

慌てる真人を横目に、田崎がプリントを受け取った。

「ここに患者相談室って書けばいいのかな？」

「ただ真人くんが言ってたように、研修医の必須《ひっす》履修科目が決まってるので、必修科は修めないと厚労省から修了許可がでません。なにか手を考えないと」

「役人って、その辺融通利かないよねえ。じゃあ、副履修科目ってことにすればいいのかな？」

「いいと思います。ここに書き足しちゃいましょう」

「ちょっと……。ああ、……もう」それだけ言うと、真人はこめかみを押さえて黙り込んだ。半ば諦めているようだ。

あっという間に、研修責任者『田崎豊《ゆたか》』のサインが記載された。履修変更届を手渡される。

「じゃあここに希望を書いておいて。内科の履修も続けないといけないから、まずは空いた時間で相談室の実務を経験していこうか」

あまりにあっさり事が進みすぎて困惑するが、このチャンスを逃す手はない。

「ありがとうございますっ！」

「うん。関口先生には、私から事情を話しておくから」

田崎が、穏やかな目を凪沙に向けた。

「患者さんに寄り添った心を持った医者。とてもいい目標だと思うから、応援するよ。好きにやってみなさい」

軽蔑《けいべつ》するような感情は一切感じられなかった。

「ありがとうございますっ」

向田の声が響く。

「じゃあ、患者相談室の指導担当は神宮寺真人、ね」

真人の表情は相変わらず渋い。しかし、すでに全てを受け入れているようにも見える。

凪沙は、再び真人に駆け寄って頭を下げた。

「お願いします神宮寺さんっ！　不束者《ふつつかもの》ですが、精一杯頑張りますので」

向田が、田崎に耳打ちする。

「綾瀬先生って、言葉のチョイスが、ちょいちょい面白いわよね」

頬がカッと熱くなる。

真人は、向田と田崎を一瞥《いちべつ》して、ため息をついた。

「こうなってしまっては、どうしようもないことを、私も理解しております」

「じゃあ」

真人が、改めて背筋を伸ばす。

「教えるからには、こちらも真摯《しんし》に対応します。その代わり、あなたの本気を見せてください」

「患者さまに寄り添った心を持った医者。お医者さまが、本当にそれになれるのか、きちんと見届けたいと思います」

「私の……、本気？」

「わかりました」

こうなったら、絶対に理想を追い続けてやる。周りと違ったって、正直者がバカを見たっていい。自分が信じた道を歩けないのなら、それはすでに自分ではないのだ。

一年前に感じたような、高揚感が戻ってきた。これから私は、もう一度理想の医師を目指す道を進むのだ。そう決意した。

第二章　患者様ご意見投書箱

「ねえ凪っち、さっきからしかめっ面で、なにやってんの？」

机に積み上げがった紙の束の上から、亜里佐が呆《あき》れたように声をかけてきた。顔を上げると、両眉《りょうまゆ》を指でグイッと押し寄せた亜里佐の顔が、視界に入った。

「そんな顔ばっかりしてたら、五年後には顔面シワくちゃよ」

「やめてよりさちん。ちょっと仕事をしてるのよ」

「冗談よ、冗談。学会発表でもするの？」

亜里佐が、束から紙を一枚手にとった。その内容を見て、今度は亜里佐の眉間《みけん》に皺《しわ》が寄る。

「なにこれ？『予約を取ったのに、診察室に呼ばれたのは二時間も経ってからだった。これでは予約する意味がない』……、随分偉そうな言い草ね」

フンと鼻を鳴らしたのをきっかけに、次々と紙を取っていく。

「『院内のコンビニで看護師が買い物をしていた。非常識だ』、『受付窓口で毎回保険証を要求されるのに辟易《へきえき》する』、『医者の言葉遣いが偉そうだ』、『一号棟のエレベーターは古すぎて清潔感がない、ホスピタリティも大事にするべきだ』……って、なによこの余計なお世話のオンパレードは？」

五枚も読み上げる頃には、その声にはすっかり怒気がこもっていた。手に持っていた一枚を、ペロリと凪沙に見せつける。

「もう一回聞くけど……、なんなのこれ？」

「ほらっ、院内に患者さまご意見投書箱ってあるじゃない？」

亜里佐にはピンとこないらしい。もはや、くっつきそうなほどに、両眉を寄せている。

「二十センチくらいの黄色い箱よ。内科病棟のナースステーションにも置いてあるでしょ」

亜里佐が、ポンと手を叩《たた》いた。

「ああっ、あの地味な箱っ！　じゃあこれって、それに投書されたご意見ってこと？」

「そう。去年の七月から、ちょうど一年分だって」

「何枚あるの？」

「……百五十三枚」

積み重なった紙の山を見て、亜里佐がウエッと舌を出した。

「よくもまあ、こんなクレームばっか書けるもんだわ。私らがどれだけ大変な思いをしてるのかも知らないでさ」

「でっ、でも、感謝の手紙もあるのよ」

「どれくらいよ?」

「よっ、四枚……だったかな」

亜里佐の顔には『信じられない』という言葉が、はっきりと浮かんでいた。

「患者相談室の研修で、この『ご意見』を、病院として対応可能なものかどうかを仕分けしてみてって言われたの」

患者相談室での研修を決めてから、一週間が経過した。

しかし真人の仕事は忙しく、まだ指導らしい指導は受けられていない。一昨日《おととい》、ようやく渡された課題がこれだった。

「雑用を押し付けられてるだけじゃないの? だって、生産性のある意見なんて、ほぼないじゃん」

「そうかもしれないけど……」

一週間前の凪沙なら、亜里佐の意見に同意していたかもしれない。しかし……

「こないだの件もあったからさ」

思い込みやレッテル貼りは、思わぬ落とし穴に嵌《はま》る可能性があるのだと、思い知らされたばかりだ。

「あのガラの悪そうな人たちのこと？　大体、それだって未解決なんでしょ。その患者相談室って、本当に信用できるところなの？」

亜里佐は、明らかに不審を抱いているみたいだ。

「それは大丈夫だよ。神宮寺さんは私を守ってくれたし、田崎先生も鈴木さんの診察をしてくれているから」

薫は鬼頭と共に、連日田崎の外来に通っている。病状はよくはなっていないものの、悪くもなっていない。

筋骨隆々の鬼頭と奇抜な髪色の薫の組み合わせは相当目立ち、凪沙は院内でも度々その姿を見かけた。しかしその度に、柱の陰に身を潜めてやり過ごした。凪沙は二人と直接会うことを許されていないが、そもそも会える精神状態でもない。

解決に至る道のりは長いのだ。

亜里佐がため息をついた。

「変な方向にのめり込まないでね」

「変な方向って……、なによ？」

机の上のご意見用紙を、トントンと叩く。

「『個室希望だったのに、大部屋に入院させられたのが遺憾だった』ってさ。私たちがやってるのって、命を救う仕事だよ。こういう、病院をホテルか何かと勘違いしてるような人って、何様なのって私は思うよ……」

亜里佐の大きな瞳《ひとみ》に、じっと見つめられた。

「こんなクレームに付き合うのって、医者の仕事なの？」

その問いに、凪沙は即答できなかった。


ようやく真人と会えたのは、翌日の午後のことだった。

二人の前には、百五十三枚の『ご意見』が並べられている。

「すみません。ずっと考えてみたのですが、こちらではどうしようもできないような、その……、クレームみたいなものが多かったように思います」

「クレームと苦情は違いますよ。クレームの本来の意味とは、正当な要求を指します」

「でもっ、病院ってこういう意見全部に対応するべきなのでしょうか？　それがよく分からなくなってしまって」

「ここにある意見が全てですか」

真人がため息をついた。

「一つお伺いしますが、綾瀬先生は、レストランの食事が期待に沿わなかった際に、ネットのクチコミに投稿したことがありますか？　それか、直接不味《まず》いと店主に言った経験でも結構です」

思わず首を振る。

「そんなことしませんよ。もう行かなければいいだけだし」

「私もです。それが一般的な反応だと思います」

真人が、『ご意見』に視線を落とした。

「人が不満を抱いた時、どれくらいの方がクレームを訴える行動に出ると思いますか？」

「……五人に一人くらいですか？」

「二十五人に一人、と言われています」

真人が投書の一枚を手に取った。その投書には、外来の待ち時間が長い旨が綴《つづ》られていた。

「この一枚の後ろには、二十五人の同じ不満を持った患者さまがいらっしゃると思って下さい」

待ち時間に関する投書は、百五十三枚の中でも多数を占める。それだけ沢山の人間が、同じ不満を抱えているということだ。

薄い紙の後ろから、大量の人たちの視線が向けられたような錯覚を覚えて、背中に嫌な汗が流れた。

「でもっ、大きな病院で待ち時間が長くなるのは、仕方がないことじゃないですか？」

真人のメガネが冷たく光った。

「仕方のないことですか。お医者さまは、皆そうおっしゃるのですが、本当にどうにもできないことなのでしょうか？」

『お医者さま』と言った真人の声が、途端に硬くなる。

やってしまったと、凪沙は心の中で後悔した。

真人と関わってから日が浅いものの、彼の厄介な癖が明らかになったのだ。

『お医者さま』論だ。

なにがスイッチなのか知らないが、『お医者さま』の文句を言い始めると、止まらなくなることがある。

「先日、せっかく予約システムを導入したのに、お医者さまたちは、自分の処理能力以上の予約枠を勝手に設定するんですよ。おかげさまで、システムを導入した後の方が患者さまたちからクレームを多く頂いているのが現状です」

やっぱりだ。このまま放置すると、苦言が延々と続いてしまうことを、凪沙は最近知った。

話の隙間に、なんとか割り込む。

「あの、わかりましたので、続きを教えて下さい」

真人が明後日《あさって》の方向に視線をやった。その瞳は、段々と濁ってくる。これはよくないサインだ。

「予約システム導入に、一体いくらかかったと思うんでしょうか？　それに、動作研修にも多数のスタッフたちにご協力を頂いたのに、お医者さま方に限っては、やれ手術だカンファレンスだと出席率が異常に低く満足に研修もできませんでした、それで文句を言われても……」

凪沙は、思い切り声量を上げた。

「神宮寺さんっ！　そうじゃなくて、一枚のご意見が二十五人の続きです」

ハッとした表情を見せた真人は、ようやく喋《しゃべ》るのをやめた。

それをみた凪沙は、ホッと胸を撫《な》で下ろした。

なんとか、暴走する前に止められた。なにが地雷か分からないから、対応が難しいのだ。

我に返った真人が、説明を再開した。

「一枚のご意見を、対応不可能な苦情だと、簡単に切り捨ててはいけない、ということです。苦情なのか、それとも正当なクレームなのかをきちんと仕分けるのが大切なのです。そして本来、たった数十文字で人の感情なんてわかるはずもなく、その裏の……」

真人の言葉は、そこで遮られた。突然、看護師が事務室に駆け込んできたのだ。内科病棟のスタッフだった。

様子がおかしい。顔が真っ青だ。

「三C病棟です！　突然申し訳ありません」

息を切らしながら喋る。

「何がありましたか？」

看護師が震える声を上げた。

「入院患者同士のトラブルですっ。大部屋の田代《たしろ》さんが、武田さんのお見舞いのご家族を怒鳴りつけてしまって」

聞き覚えのある苗字《みょうじ》にハッとした。

「武田さんって、武田多美子さんですか。……肺がんの？」

看護師が青ざめた顔で頷《うなず》いた。多美子の柔和な顔が脳裏に浮かぶ。いつも見舞いに来ている家族には、小学生に満たない男の子がいたはずだ。その子が怒鳴られたとは、穏やかな話ではない。

凪沙は、反射的に立ち上がった。

「神宮寺さんっ。私、武田さんのところに行きますっ」

凪沙の言葉に呼応するように、真人も立ち上がる。

「私も行きます。事情は、向かいながら伺います」

看護師の後を、足早についていく。

頭の中は、多美子のことで一杯だった。あんなに優しい人がトラブルに巻き込まれるなんて、一体なにがあったのか。

多美子は、緊急措置として、病棟で一番大きな特別個室に移されていた。慌てて田代から引き離したのだろう、荷物も運び込まれておらず、広い部屋にはベッドだけがぽつんと置かれていた。

家族はすでに帰ったようだ。

「この度は、ご迷惑をおかけしてしまい、大変申し訳ありませんでした」

真人が、深々と頭を下げた。凪沙もそれに倣う。

多美子の優しい声が響いた。

「頭を上げて下さい。私たちもうるさくし過ぎちゃったから、申し訳なかったわ」

穏やかな物言いだが、表情は暗い。そんな多美子を見て、心が痛むと同時に、田代という患者に対する怒りが湧いた。

事情はこうだ。

多美子には、家族が連日見舞いに来ている。孫娘の亜子《あこ》と、その息子の翔平《しょうへい》だ。しかし、その声をうるさく思っていた田代が、看護師に『病室を替えて欲しい』と訴えた。だが昨日は病棟の仕事があまりに忙しく、看護師が申し送りを失念してしまっていたらしい。そして翌日、とうとうご家族の声に耐えきれず、田代が相手を怒鳴りつけたという顚末《てんまつ》だ。

翔平は、泣きじゃくっていたそうだ。

「そんな……、武田さんが謝ることなんてありません」

悪いのは対応が遅れた病院側だ。もしくは、幼い子供にあたりちらした田代であり、多美子たちは完全なる被害者だ。

しかし多美子は、首を振った。

「他の人のことも考えるべきだったんですよ。もっと気配りしておけば、あんなことにならなかったのだから」

「でも武田さんは……」

しかし、言葉が詰まってしまった。

多美子の病状は相当悪い。カルテには、余命予測が一ヶ月を切っていると記載されている。他の人のことを考えている状況ではないのだ。しかしそんなことは、本人には言えなかった。

多美子が大きく咳《せ》き込んだ。

「大丈夫ですか？」

背中に手を当てる。鶏《とり》ガラのように痩《や》せた背中から、ゴボゴボと鈍い音が伝わってきた。肺がんが相当進行しているのだ。

「……ひ孫の翔平がね」

ゼエゼエと言いながら、多美子が声を振り絞る。

「来年小学校なんですよ。ランドセル姿を私に見せたいって言うんでね……。だから、まだ死ねないんですけどね」

多美子の窪《くぼ》んだ目が、凪沙に向いた。

「綾瀬先生……」

「はっ……はいっ」

「今回の件は申し訳ありませんでした。でも……、あの子たちが病院に来てくれるのが、私の生きがいなんですよ。だから、いい方法を考えてくれるとありがたいのですが」

そんな多美子の願いに応《こた》えないわけにはいかない。

凪沙は、必死に考えを巡らせた。田代と顔を合わせず、気兼ねなく見舞いに来られる方法……

「あっ！」

すぐに閃《ひらめ》いた。あまりにも簡単な方法がある。

凪沙は、反射的に口を開いた。

「この個室を使ってもらえばいいんですよっ！」

多美子が驚いたような表情を見せたが、構わず続ける。

「個室なら田代さんと会わずに済むし、これだけ大きな部屋なら、他の患者さんにも迷惑がかかりません」

この方法なら誰も損をしない。個室で談笑できれば多美子の体力も使わないし、家族だって喜ぶに違いない。緊急措置で移された特別個室ではあるが、まさに怪我の功名だ。

興奮した勢いのまま真人に喋りかける。

「ねえ神宮寺さん。絶対にいいですよね」

患者思いの真人なら、間違いなく同意してくれるはずだ。

しかし、そんな期待は儚《はかな》く消えた。

真人の表情が硬い。目が合うと小さく首を振られた。

「……え」

明らかな拒絶の意に、動揺する。

「ちょっと……、なんでですか？　この部屋なら、なにも問題はないですよ。だから、いますぐ上の人に言えば」

「綾瀬先生」

冷たい真人の声が響いた。静かな声の裏に感じた圧に、凪沙は思わず口をつぐんだ。

気まずい沈黙が落ちる。しばらくすると、多美子の声が響いた。

「ありがたい話ですが、私は大部屋希望なので、こんな立派なお部屋は……」

どこか恐縮したような声だ。多美子は謙虚で思いやりのある人だから、遠慮しているに違いない。

なにか声をかけないと。そう思った時、真人が深く頭を下げた。

「今の件は、一度忘れて下さい。これから、先方とも話をする予定です。対応策については、その後に改めて提案させて頂きます」

多美子がホッとしたような表情を見せた。多美子は、個室の提案を喜ぶに違いないと思っていた凪沙は、どこか裏切られたような気持ちを覚えた。

困惑していると、真人の静かな声が響いた。

「では、失礼します」

ハッと振り向くと、真人はさっさと病室を出ていった。

「ちょっと……、神宮寺さんっ」

わけが分からないまま、凪沙は真人を追いかけた。

真人の背中を追って辿《たど》り着いたのは、病棟内の小部屋だった。

五畳ほどの広さで、事務机と電子カルテ、ホワイトボードが設置された簡素な部屋は、主に患者への病状説明に使われている。

丸椅子に座っていると、隣からキーボードを叩《たた》く音が響く。

真人だ……。さっきから、田代について記載された記録を読んでいる。情報収集を終えたら、田代を呼び出すつもりみたいだ。

それにしても……気まずい。

狭い部屋に男女二人きりだからというロマンス的な要素は微塵《みじん》もなく、ただただ圧迫されそうに空気が重い。

真人がずっと不機嫌な態度をくずさない。先程の凪沙の言動に不満を持っているのは、明らかだった。

――私がなにかヘマをしたんなら、直接言えばいいじゃない。

無言の圧を醸し出す真人に、心の中でそんな言葉を投げる。

田崎に押し付けられたとはいえ、真人は凪沙の指導担当だ。失敗したら無視なんて、そんな昭和的なやり方は不合理だ。

悶々《もんもん》とした結果、沈黙に耐えることができなかった。

「さっきから、なにを怒ってるんですか？」

　真人の目は、パソコンから離れない。

「別に、怒っているわけではありません」

　全く抑揚のない声に無表情。メガネだけが冷たく光る。

「それで怒っていないっていうのは、流石に無理がありますよ」

　今度は、あからさまなため息が返ってきた。

「呆《あき》れてるんです。お医者さまの、突飛な行動に、です」

『お医者さま』、だ。どうやら、地雷を踏んだらしい。それにしても、嫌味ったらしい言い方にカチンとする。

　個室の提案は、多美子のためを思って素人なりに真剣に考えた結果だ。

「なんでそんなことを言うんですか？　あの部屋は、田代さんから家族を守る城になるはずです。それに場所だって最適です。田代さんの大部屋はエレベーターから逆側だから、顔を合わせっこないんですよ」

　多美子にとって、これ以上ない環境のはずだ。それなのに、議論もしないで一蹴《いっしゅう》するなんて納得できない。

　真人が、ようやくパソコンから目を離した。それから、もう一度ため息……。

「私は、提案の良し悪しに呆れているわけではありません。それ以前の問題なのです」

回りくどい物言いに、イライラが募る。

「どういうことですか？」

「少しはご自分で考えて下さい」

多分、『お医者さま』のせいだ。真人は、対『お医者さま』モードになると、途端に話が通じなくなる。患者と話すときと違って、言葉は激減するし、ついでにすごく嫌味になる。

でも、こんなことで引き下がるわけにはいかない。凪沙は、相当の覚悟を持って、患者相談室に飛び込んだのだから。

「武田さんには時間がないのよ。いつ、なにが起こるか分からない……。あんなまま急変なんてしたら、武田さんだって、ご家族だって、悔いが残りますっ」

言いながら、心が締め付けられる。

「だから、個室の調整くらいしてあげればいいじゃないですかっ」

……ケチ。という言葉は、なんとか呑《の》み込んだ。

真人が眉《まゆ》をひそめた。また、新たな地雷を踏んでしまったのかもしれない。もしくは、心の声が伝わったのか……。

「個室の調整くらい……ですか」

深いため息。きっとまた、嫌味を吐かれる。

……やっぱりだ。『お医者さま』を侮蔑《ぶべつ》している真人は、凪沙のこともその中の一人だと認識しているようだ。それがまた、凪沙の苛立《いらだ》ちに拍車をかけた。

「どういう意味ですか？」

「綾瀬先生は、当院の特別個室がいくらかご存じですか？」

唐突に聞かれて、口ごもる。……二千円？　いや、一番広い部屋なので、もう少しするだろうか？

返事に窮していると、すかさず真人が言葉を被《かぶ》せた。

「一泊一万八千円です。もちろん、治療費も別途加算されます」

想像以上の高さに、凪沙は思わず息を呑んだ。

「すみません。知りませんでした」

「でしょうね。お金の勘定は、お医者さまのお仕事ではありませんから」

嫌味ったらしいが、反論もできない。医師が面倒臭いと放り投げた支払い関連の説明を、真人は大量に請け合っている。

「お医者さまには想像もできないかもしれないですが、個室料金が払えないという患者さまだって、沢山いらっしゃるんです」

多美子の恐縮したような表情が脳裏をよぎる。彼女は、お金の心配をしていたことにようやく思い至った。

「でも、個室料金くらいなんとかならないの？　鈴木さんの神経障害の医療費だって、神宮寺さんが無料にすることを決めてくれたじゃないですか」

「月五十万円もの料金を病院の持ち出しにしろと？　都内でタワーマンションを借りられる額ですよ。私個人にそんな決定をする権利などございません」

正論に凪沙は返す言葉を失った。それでも真人の言葉は止まらない。

「お医者さまは、本当に簡単に言うんですよ。個室でもいいから入院させろ、最悪コストフリーでいい。一体、どんな権利があってそんなことを言えるのでしょうか？」

その声が、興奮を孕《はら》み出した。普段の澄み切った瞳《ひとみ》はどこへやら、真人の目は濁っていて、焦点を失っている。こちらを見ているのに、目が合っていないのだ。

「ちょっと……、神宮寺さん」

慌てて呼びかけたが、すでに凪沙の声は届かなかった。

明後日《あさって》の方向を見つめる真人の独演が続く。

「その裏で、病棟スタッフがどれだけ調整に苦慮しているのか……。それに患者さまだって、経済的負担を強いられていることは、お医者さまには言いづらいものなんですよ」

もはや、嫌味を飛び越えて、その言葉からは憎しみすら感じる。

「お医者さまが最優先するのは、治療です。それどころか、治療さえ完遂できれば、他はどうでもいいと思っている節まである。だから、裏方が振り回されて苦労するんですよ」

お医者さま、お医者さま、お医者さま。

確かに、凪沙の考えが浅はかであったことは否めない。しかし、これだけ『お医者さま』を連発されると、流石に辟易《へきえき》する。

これでは、関口の『患者さま』理論を、延々と聞かされているのと大差ない。こんなことを聞かされるために、真人の下についたわけではない。

そんなことを思っていたら、つい、大きな声が出てしまった。

「いい加減にして下さいっ！」

余程の声だったのか、真人が、稲妻に打たれたように硬直した。

すかさず真人の顔を両手で摑《つか》み、その目を見据える。突然の衝撃に目をパチクリさせているが、ようやく視線が合った。

やっと言いたいことが言えそうだ。

「さっきから、お医者さま、お医者さまって、失礼ですよ。私を変なカテゴリーに入れないで下さいっ！」

真人が、驚いたような表情を見せた。

「この際言っておきますけどね、私の家は、別に裕福じゃないんです。大学に通わせてくれるために、親が相当苦労したのも理解してますし、医学生時代は勉強とバイト漬けの日々でした。奨学金だって、返済はこれからなので借金まみれです。あなたは知らないかもしれませんが、こんな医者だっているんですよ！」

もはや、溢《あふ》れ出る感情を抑えることはできなかった。

ここまで来たら、言いたいことは全部言ってしまえ。

「だから、金銭感覚は人並み程度には持っているつもりです。たしかに、私の言葉には他のスタッフたちのことまで考えが及んでいないところがあったと思います。それでも、武田さんの余命は長くはないんです。だからこそ、武田さんが後悔しないような余生を送ってほしいと思って、私なりに考えた答えだったんです。それに私は……」

凪沙の代わりに、鬼頭の前に出てくれた真人を思い出す。

あの時、心の底から真人に感謝して、尊敬の念を抱いたのだ。

「神宮寺さんならなんとかしてくれるって期待していたんですよ」

真人なら、多美子に寄り添った解決策を提案してくれると思っていた。きっと凪沙の考えにも同調してくれると、心のどこかで信じていた。

それなのに、凪沙の考えは否定され、さらに『お医者さま』と一括《ひとくく》りにされてしまったことに、胸が苦しくなったのだ。

「私が間違っているなら、そう言って下さい。そっちの方がすっきりします。でも、こんな扱いをされるなんて、あんまりですっ！」

あの日自分を救ってくれた真人に、自身を理解してもらえないのは辛《つら》いことなのだ。それを痛感した。

改めて真人の顔を見ると、メガネの奥に澄んだ瞳が見えた。濁りはなくなり、いつもの透明さが戻っている。

「……神宮寺さん？」

声をかけると、真人は、どこか恥ずかしそうに視線を外した。

「手、離して頂けますか」

言われて気づく。凪沙の両手は、真人の顔を思った以上に寄せていた。どうりで、端整な顔がやたらと近かったのだ。

「すっ……すみません」

慌てて手を離すと、真人はズレてもいないメガネの位置を正して、ボソボソと喋《しゃべ》り始めた。

「申し訳ありません。少々、冷静さを欠いておりました」

あれだけ感情をぶつけた答えがそれだけかと言いたくもなるが、ようやく話を聞いてくれそうな雰囲気だ。

妙な沈黙が落ちる。かわりに、心臓がびっくりするほど速く脈打った。真人に聞こえるんじゃないかと思うと、部屋の狭さを今更意識してしまう。

どれくらい時間が経ったろうか？

真人が、小さく咳払《せきばら》いをした。

「一旦《いったん》、忘れませんか」

なにを？　と聞きたくなったが、小さく頷《うなず》くしかできなかった。

「そろそろ、田代さまの対応をしなくてはなりません。この件については、後でゆっくり話し合いましょう」

だから……、なにを？　という言葉は、やっぱり出なかった。再び鼓動が速まりそうになり、凪沙は声を絞り出した。

「神宮寺さんが……、私の何に呆《あき》れたのか、話してほしいです」

真剣な気持ちが伝わったのか、真人は、姿勢を正して凪沙に向かい合う。

「私が呆れた理由はですね」

低くて落ち着いた普段の声に、安心感を覚える。

「決まってもいない提案を、相手に伝えてしまったことなのです。人間の心理として、期待したことが叶《かな》わなかった時には、不信が倍になって返ってくるものです」

その言葉にハッとする。

そんな苦い経験は、つい今しがた味わったばかりだ。真人に勝手に期待して、落胆して、怒りを覚えた。

真人が、スーツの襟を正して続けた。

「今回の件ですが、田代さまに部屋替えを相談された看護師が、なんと答えたと思われますか？」

「もしかして……、できますよ的なことを言ったんですか？」

話の流れを考えれば、それしかない。

「その通りです。『任せて下さい。きっと大丈夫ですよ』と答えたとのことです。でもそれが今や……」

「最悪の事態を招いてしまったっていうことですね」

真人が頷いた。

「話し合いにおいて、安請け合いしない、希望を持たせすぎない、決まっていないことを提案しない、この三つは鉄則です。特に、命に関わる現場では尚更《なおさら》なのです。以後、注意して下さい」

真人の説明に、凪沙はようやく事の重大さを知った。多美子は恐縮した様子だったが、凪沙の提案に希望を持った部分もあるだろう。もしかしたら、すでに亜子たちに個室が使えそうだと伝えているかもしれない。それを裏切ってしまったら……。

「言葉とは、想像以上に重いものです。たった一言が、構築してきた信頼関係を、一瞬で崩壊させることだってあるわけです」

真人の言葉が、ズシリと響く。

もしこれが、直接的に命に関わることだったらどうであろうか？

治療のモチベーションを上げるために、楽観的な説明ばかりして、いざその治療が上手《うま》くいかなかったら相手は絶望するだろう。その先の治療に向かう気力すら失くしてしまうかもしれない。

「すみませんでした」

その言葉が、すんなり口から飛び出した。

「先に神宮寺さんに相談しておけばよかったです。今後は、肝に銘じておきます」

「分かって頂けてよかったです」

柔らかな笑みでそう言われ、思わずドキリとした。不意に見せる真人の共感の態度は、タイミングが絶妙なのだ。会話のテクニックなのかもしれないが……。

真人が、パソコンにチラリと目をやった。

「ただ、田代さまのケースは、別の事情がありそうです」

「別の事情？」

「これを見て下さい」

先ほどから、真人が読み込んでいた資料だった。

「カルテじゃないですね。これはなんですか？」

「看護記録です」

看護師が、担当患者について記録したものだ。

「綾瀬先生は、あまり見たことないですよね？」

「すみません……、そこまで余裕がなくて」

「今後は、看護記録にも目を通しておくことをお勧めします。きっと、綾瀬先生のためにもなるはずです」

「どういう意味ですか？」

「論より証拠です。田代さまの記録を読んでみてください」

言われるがまま、記録に目を走らせる。

「これは」

看護記録は、単なる身体所見の羅列ではなかった。

個々が抱える問題や、看護計画、心のケアや退院後計画、それに、過去に患者に起こったトラブルや寄せられたクレームまで記載されていて、医師の診療カルテとは情報の質が違う。

「看護師は日々担当する患者が替わりますので、スムーズな引き継ぎをするための記載が求められます。結果的にそれが、チームで問題意識を共有するのに有効なツールになるのです」

たしかに、注意が必要な患者について、どんなケアが必要で、今後の改善策まで細かく書かれている。関口の＊とは大違いだ。

「過去の記録を調べました。田代さまですが、一年ほど前から、入院の度にクレームを訴えています」

「本当だ」

その内容は、採血の失敗や点滴漏れ、看護師の言葉遣い、食事の味や風呂《ふろ》の時間を選べない不満など多岐にわたり、最近の訴えはもはや、言いがかりに近い。

「おそらく田代さまは、怒りを発散すること自体が目的になっているのだと思います」

「そんな人いるんですか？」

「怒りの理由にも、それぞれ事情がある、ということです。これまでの行動を見れば、武田さまの面会の件は、不満を訴えるためのきっかけに過ぎなかった可能性が高いと思います」

「つまり……、武田さんは、単にとばっちりを受けたってことですか？」

「そうとも言います」

「ひどい。彼女は末期がんなのに」

多美子の複雑な表情が思い出され、彼女が気の毒に思えた。

凪沙の心中を察したかのように、真人が眉《まゆ》を下げた。

「しかし、こちらに不手際があったのは事実ですので、きちんと謝罪するより他ないでしょう」

「でもこの患者さんって、今後も何かしら理由をつけて、クレームを言ってくるんじゃないですか？」

凪沙の疑問を受けた真人は、意味ありげな笑みを浮かべた。

「そこで、私に考えがあります」

「考え？」

「これから説明します。ですので、この場の対応は私に一任して下さい」

言い換えれば、さっきみたいに突然変なことを言うな、ということだ。

「……わかりましたよ。黙って見させて頂きます」

凪沙は、渋々頷《うなず》いた。

対面の丸椅子に座った田代は、早速不満の声を上げた。

「この病院は、一体どうなってんだ！」

自身の怒りを見せつけるかのように、その声は荒い。

「ご不便をおかけしてしまい、大変申し訳ありませんでした」

頭を下げた真人に倣い、凪沙も頭を下げる。

「医者がどうしても入院しろって言うから入院してやったのに、なんでこんな不快な思いをしなきゃならないんだよっ！」

罵声《ばせい》を浴びながら、凪沙は田代の病歴を頭で整理した。

田代誠一《せいいち》、五十五歳、Ⅱ型糖尿病。網膜症と腎《じん》症、さらに神経障害を併発している糖尿病の末期の状態だ。担当医の度重なる忠告を無視し、一年ほど前から入退院を繰り返していた。しかし病状は悪化の一途を辿《たど》り、昨日、救急車で運び込まれて緊急入院した。

医者に入院させられたどころか、入院しなければ命を落としていた可能性が高いのだ。あまりに自分勝手な田代の言い分に反論したくなるが、グッと堪《こら》えた。

つい先ほど、真人に釘《くぎ》を刺されたのだ。

『何を言われても、ひたすら耐えて下さい』

クレーム対応では、相手の言葉を否定するのは悪手だ。こちらの言い分がどんなに正しかろうが、頭に血が上った状態では、反論は怒りの養分になるのだと真人は言った。

田代の罵倒は続いた。

「俺はこんなところに来たくなかったんだ」「お前たちに、人の自由を奪う権利はあるのか」「なんでタバコが吸えないんだ」「消灯時間が早い」「テレビを見るのに金がかかるとは何事だ」「ナースコールを押しても誰も来やしない」「トイレが臭い」「毎日採血をする意味なんてあるのか」しまいには、「飯が不味《まず》い」と喚《わめ》き立てる。

しかしその主張は、看護記録を読み上げているかの如く、同じ訴えばかりだった。

怒ることは、田代のストレス発散になっているのだろう。

隣の真人を、チラリと窺《うかが》う。

彼はどんな時でも傾聴の姿勢を崩さない。表情は真剣そのもので、時折相槌《あいづち》を織り混ぜる。

田代は、五分ほど喚き散らしていた。

しかしそのうちに、徐々に勢いが削《そ》げてきた。

まるで、延々とテニスの壁打ちを続け、疲弊で手が止まってしまったかのようだ。

やがて、すっかり言葉が出てこなくなった。

真人が言った通りだ。

『一人で怒り続けるのは大変なことなのです』

怒りのエネルギーが尽きてくると、徐々に客観的になるのだそうだ。やがて、いかに理不尽な主張をしているのかに自身で気づく。

いつしか、罵声は歯軋《はぎし》りに変わった。

真人が、凪沙に目配せをする。

次の瞬間、田代が再び声を荒らげた。しかしそれは、怒りよりはむしろ、自身を奮い立たせるための怒声のように思えた。

「俺はちゃんと、あの若い看護婦に頼んだんだぞ。それなのに、しっかり伝えなかったんだから、悪いのはあの看護婦だろう。お前じゃ話にならねえから、あいつに代われよ！」

田代の言い分に、凪沙は声を上げそうになった。

これも、真人の予想通りだったからだ。

『次に始まるのが、個人攻撃です』

クレームを訴える側は、相手より優位に立ちたがる。だから与《くみ》しやすい相手を探そうとする。標的になるのは、あの新人看護師だろうという予想も、ピタリと当たっていた。

真人が静かに口を開いた。

「おっしゃる通りです」

「なっ、なんだと」

田代が動揺の声を上げ、視線が泳ぎ出した。まさか自身の言葉が肯定されるなどとは、思ってもいなかったのだろう。

動揺した田代を、真人がまっすぐに見据えた。

「今回の件で田代さまにご不便をおかけしてしまったのは、私たちの不手際によるものです。この一件は我々で共有させて頂き、同様のことが起こらないように、徹底させて頂きます」

「あ、あの看護婦のミスだろう……。だったら……あいつを」

「これは、私どものミスです。組織としての認識が甘かったために、ご不便をおかけしてしまいました。重ね重ね、大変申し訳ありませんでした」

深々と礼をする。

個人攻撃を始めようとした時の対応が最も重要なのだと、真人は強調した。個人を非難の対象として晒《さら》さない。その姿勢を、組織として徹底して見せつける。

「だったら、上のもんを出せ。師長でもいいし、なんなら院長でもいいっ！」

「大変申し訳ありません。この件の対応については、私が一任されておりますので、ご意見は私が承ります。頂戴《ちょうだい》したご意見は、上層部にも伝えて改善に繋《つな》げて参りますので、是非ともお話し下さい」

真人の予想通りに、会話が展開する。まるで、あらかじめ台本があるようだった。

凜《りん》とした真人は、大木のようにどっしりと構えていて、そんじょそこらの力ではびくともしない。

それを感じとったのか、田代はすっかり言葉を失っていた。

鬼頭の時と同じだった。いつの間にか、防戦しているはずの真人が会話の主導権を握っている。流石クレーム対応のプロだ。

しかも真人は、先を見据えて対応している。

病院に不満を訴えることに利がないと理解すれば、田代の理不尽な苦情も減るだろう。そうすれば、看護師たちも対応が楽になる。

田代が沈黙する。耳障りな歯軋りの音が響いた。

その様子を、凪沙は緊張した心持ちで見つめていた。そろそろ、田代は諦《あきら》めるだろうか？

しばらくして、大きな舌打ちが響いた。

田代が、堪えきれない様子で声を張り上げた。

「あの婆さんが非常識なんだ。あんな小せえガキを連れて、ずーっと喋《しゃべ》りやがって……。他人の迷惑も考えろってんだよっ」

「……っ」

突然、多美子を悪く言われてカッとなるが、耐える。反論してしまっては、真人の目論《もくろ》みが崩れてしまう。もう、勝手な行動を取るわけにはいかないのだ。

侮辱的な言葉が続く。

「あんなに毎日騒ぐんなら、個室に入院してればいいじゃねえか。どうせあの年代の婆さんだったら、金だって持ってるんだろう。高齢者は優遇されてるからなあ」

耳を塞《ふさ》ぎたくなる衝動を、必死に堪える。

「金があるから、小せえガキが毎日見舞いにくるんだろう。ガキは普通、病院に来たいなんて言わねえよ。チッ！　なんで俺が、あんな非常識な家族と同じ部屋にならなきゃいけなかったんだよ。それくらい、お前らも考えておけよ」

これ以上、田代に多美子を侮辱されるのは耐えられない。

助けを求めるように隣を見ると、真人は小さく首を振った。『我慢です』と、視線で釘を刺される。

また、すぐに怒り疲れるはずだと思って耐える。

しかし、田代の言葉は止む気配がなかった。堰《せき》を切ったように、次々と言葉が溢《あふ》れてくる。その言葉に、凪沙は圧倒された。

これまでの言いがかりとはまるで迫力が違ったのだ。彼の発する言葉の一つ一つに、激しい感情が込められている気がした。

嵐のような言葉がぶつけられる。それに耐えていると、田代はとうとう身を乗り出して、机に両手を叩《たた》きつけた。

「俺はな、前の入院の時にも、ずっと我慢したんだぞ。あいつらのうるせえ声を毎日聞いていて、もううんざりだったんだよ」

その言葉に、凪沙は思わず顔を上げた。

発せられたのは怒号ではなく、体の奥底から絞り出したような苦しげな声だったからだ。

田代は、眉《まゆ》を寄せて苦悶《くもん》の表情を浮かべていた。

なんとも表現し難い顔を見て、違和感を覚えた。

何か思い違いをしていないだろうか？

田代の行動を、改めて思い返す。

数々の言いがかりと、多美子へのクレーム……。

そこで、ハッとした。

多美子に対する苦言は、これまでの言いがかりとは、一線を画していたのだ。『怒りを発散するためだけに苦情を訴える』という、田代の行動原理に反している。

前回の入院の際に我慢したことも、今回、いきなり怒鳴りつけずに看護師を介したことだって、田代の行動は真っ当だった。

田代の表情が、さらに歪《ゆが》んだ。

「家族の面会なんて、普通あんなに来ねえだろう。あいつらは、普通じゃないって自覚はねえんだよ……。その無自覚の行動が、他人にとって不満なことだってあるんだよ。なあ、わかるだろう?」

俺の苦しみに気づいてくれ。

そう訴えかけられている気がした。

彼の本当に伝えたいことはなんなのだろう。

再び田代の病歴を、記憶から引っ張り出す。

田代は、単なる悪質クレーマーだ。そんな思い込みに縛られて、なにか大事なことを見落としていないだろうか……。

一年前から、糖尿病のコントロールが極めて悪くなった。それにあわせるように、苦情も増えている。

机に置かれたパソコンが目に入った。

……中を見れば、何かわかるかもしれない。

しかし今、田代の目の前でパソコンを開くわけにはいかない。

「俺なんてな」

消え入りそうな声が響いた。

先日の田崎の言葉を思い出した。対話の場が整ったら、その先は心が大事なのだと言っていたはずだ。

もう、我慢することができなかった。凪沙はとうとう、パソコンに手を伸ばした。

気づいた田代の声が、再び荒ぶった。

「おいっ！　俺の話はまだ終わってねえぞっ！」

大きな声に、手が止まりそうになる。

しかし次の瞬間、隣から声が響いた。

「大変申し訳ありません。少々確認したいことがありまして。少しだけお待ち頂けるとありがたいのですが、如何《いかが》でしょうか？」

絶妙なタイミングで発せられた澄んだ声が、引っ込みそうになった手に力を与えてくれた。

田代の舌打ちが響く。

「わかったよ！　少しだけだぞっ」

「ありがとうございます」

急いで看護記録を開く。

一年前だ。その頃の記載に、なにかヒントがあるはずだ。

膨大な記載に目を走らせる。

「おいっ！　一体、なにを調べようってんだよ」

田代の苛《いら》ついた声が響く。凪沙は、画面に集中した。

無反応で画面に見入る凪沙を見て、田代が憤った声をあげる。

「パソコンなんて、今やることじゃあねえだろうが。さっさと終わらせろよ、少しは時と場所をわきまえろよ。教育がなってねえな」

田代が我慢の限界に達した瞬間、凪沙の手が止まった。

……あった。

記載を読んで手が震えた。やはり田代には、事情があったのだ。

凪沙は、ゆっくりとパソコンから顔を上げた。

「……田代さん」

「なんだよ」

「奥さまを亡くされていたんですね。……一年前に」

田代が、大きく目を見開いた。

それきり、微動だにしない。

その姿を見て、凪沙は確信した。

妻の死。それが田代に訪れた大きな転機だったのだ。

田代の生活が荒れる以前の看護記録には、患者側責任者であるキーパーソンに妻の名が記載されていた。田代の妻は頻繁に見舞いに訪れ、医者からの病状説明にも必ず同席していた。退院後の生活管理にも積極的に協力していたことが記されていた。

しかし現在、キーパーソンは不在になっている。二人には子供もおらず、田代は孤独の身なのだ。

退院しても、孤独な自宅で自暴自棄になり、荒《すさ》んだ生活をしては病院に運び込まれることを繰り返していた。

そんな絶望的な人生の中で、大部屋の隣のベッドに、連日見舞いが訪れる幸せそうな入院患者がいたのだ。

辛《つら》かっただろう。

しかし田代は、一度はその不満を心の内に納めた。見舞いに来る家族のありがたみを、誰よりも知っていたからだ。

田代の心を思うと、心が締め付けられるように痛くなった。

目頭が熱くなる。しかし、田代に伝えねばならない言葉がある。

「田代さん……」

涙を堪《こら》えた声は、小さく震えてしまった。

「なんだよ」

田代の、ぶっきらぼうな声が返ってくる。

凪沙は、ありったけの感情を込めてその言葉を伝えた。

「武田さんの面会について、我慢して頂いたことを感謝します」

田代は、返事をしなかった。……できなかったのかもしれない。

いつしかその目は、真っ赤になっていた。

そんな田代を真っ直ぐに見つめ、凪沙は丁寧に頭を下げた。

「そして今回の件、田代さんの要望に適切に対応できずに、大変申し訳ありませんでした」

どれくらい頭を下げていただろう。

田代の声が響いた。

「違うんだよ」

顔を上げると、田代の悲しげな表情があった。

「俺が、あいつの見舞いに行けなかったんだ」

嚙《か》み締めるように、田代がそう言った。

「交通事故だったんだよ。……俺が糖尿を拗《こじ》らせて入院している時に、別の病院に運ばれたんだ」

凪沙は、田代の懺悔《ざんげ》にも似た言葉に聞き入った。

「あれだけ世話になったのに……、あいつの見舞いに行くこともできなかったんだ。それが情けなくて、俺は……」

気づけば田代は、嗚咽《おえつ》していた。

なんて言葉をかけてよいのかわからない。どんな言葉であっても、安っぽくなるように思えてしまった。

嗚咽する田代をこれ以上直視できず、真人に視線を移す。

真人は普段通りだった。涼やかな表情で田代を見つめ、一本筋が通ったように背筋は美しく伸び、軽い前傾姿勢は田代の苦悩を全て受け止めているようにも見えた。

狭い部屋に、田代の嗚咽だけが響いた。

長い時間だった。

ようやく涙が収まった田代が、ボソリと呟《つぶや》いた。

「……悪かったな」

短い言葉だった。しかし、その言葉はずしりと重い。

「田代さん」

「あの婆さんにも、そう伝えてくれ。面会も、時間さえわかれば俺がどっかに行くから、それでいいだろう」

「でも」

それでは、田代に新たな我慢を強いることになる。田代もまた、身体だけではなく、心のケアが必要なのだ。

そう訴えようとしたとき、真人の手がスッと伸びた。

「田代さまのお話は、持ち帰って検討させて頂きます。それまでお時間を頂ければありがたいのですが、如何でしょうか？」

真人の言葉にハッとする。

決まってもいないことを口にしない。それが鉄則だ。

「まあ、そっちで適当に頼むわ。じゃあ、俺は病室に戻るから」

ぶっきらぼうにそれだけ言うと、田代は席を立った。

真人が静かに立ち、頭を下げる。凪沙は慌ててそれに倣った。

田代が歩きだした。すれ違いざまに、凪沙にだけ聞きとれる声で田代が呟いた。

「ありがとうな」

不意に言われたその言葉からは、ひとつの棘《とげ》も感じられなかった。

田代との面談を終えて相談室に戻る頃には、午後七時を過ぎていた。すでに部屋には誰もいない。

凪沙は椅子に腰を下ろすと、大きなため息をついた。

今日一日で、様々な出来事があった。これまで経験し得なかったような深い心の訴えに触れて、どっと疲れた。

ふと顔を上げると、山積みにされた、『ご意見』が目に入った。

一度は、そのほとんどを病院として対応不能な苦情と分類した、百五十三もの『ご意見』だ。

凪沙は、そのうちの一枚を手に取った。

『個室希望だったのに、大部屋に入院させられた』

もしかしたらこの方も、田代のように特別な事情があるのかもしれない。

別の紙に目を通す。

『予約時間から二時間も経ってから呼ばれた。これでは、予約の意味がない』

診察後に、どうしても外せない用事があったのかもしれない。

『トイレが汚い。もう少し衛生面に配慮して欲しい』

何科を受診した患者さんだったのだろう。もしも産科だったら、感染対策には特に敏感な時期だろう。

改めて読むと、どの『ご意見』も、一つたりとも理不尽な苦情だと言い切ることはできなかった。

コトリ、と音がした。

目の前に、温かな湯気が立ち昇る湯呑《ゆの》みが置かれていた。

「お疲れさまでした。どうぞ」

「ありがとうございます」

一口啜《すす》る。

「すっぱ。なんですか？　これ」

舌を刺激する酸味と出汁《だし》っぽい味は、あまり馴染《なじ》みがない。

「梅昆布茶です。疲労回復効果もあり、頭がクリアになります」

真人がいつも飲んでいるのはこれかと理解する。

向き合って互いに梅昆布茶を飲んでいると、なんとも言えない沈黙が落ちた。

真人に話したいことが色々ある。

結局、凪沙は沈黙に耐えきれなかった。

「あのっ、神宮寺さん」

「なんでしょうか？」

「さっきはすみませんでした。田代さんの前では喋《しゃべ》るなと言われたのに、結局でしゃばった真似をしてしまいました」

クレームを訴える患者の前でパソコンを開くなんて、ありえない行為だ。忍耐強く対応していた真人の目論《もくろ》みを、ぶち壊してしまうリスクだってあった。

「綾瀬先生は、クレーム対応において、大事なことってなんだと思いますか？」

凪沙の言葉に答えることはなく、真人が静かに訊《き》いてきた。

凪沙は一週間の出来事を回想した。薫の件以降、様々な学びがあったはずだ。

田崎に教わった言葉が、脳裏に蘇《よみがえ》った。

「きちんとした謝罪をすること……ですか？」

湯呑みを啜った真人が頷《うなず》いた。

「そうですね。謝るべきところは謝る。鈴木さまの件で、綾瀬先生も実感したかと思います。それと、もう一つ。わかりますか？」

「えっと……」

言葉遣い、姿勢、事前調査……、思い浮かぶ答えはしっくりこない。どれも大切であろうが、本質というわけでもない。

考え込んだ凪沙を見て、真人が口を開いた。

「共感を示すこと、です」

その言葉に、田代の顔が浮かんだ。

「田代さまの真の言葉を引き出したのは、あなたです」

不意に言われた言葉が、胸に刺さる。

「もちろん、感情に任せた行動が多かったのは事実ですが、リスクを負ってでも患者さまの心に共感するというのは、大切な能力だと思います。ずっと大切にして下さい」

実直な言葉に胸が熱くなる。真人は、嘘を言わない人だ。

「わかりました」それしか言えなかった。大きな声を出すと、鼓動を速めた心臓が口から飛び出そうだった。

たった一言で、疲れが吹っ飛んだ。

温かな気持ちで真人からの言葉を嚙《か》み締めていると、真人が音もなく立ち上がった。

「どうしたんですか？」

神妙な表情に違和感を覚えていると、真人が突然頭を下げた。

思わぬ行動に仰天する。今日、何度も後ろから見ていた真人のお辞儀姿を、まさか正面から拝むなんて思ってもいなかった。

「あなたを、『お医者さま』などと、あまりに浅はかな決めつけをしてしまい、申し訳ありませんでした」

真人と『お医者さま』のことで言い合っていたことを、すっかり忘れていた。

「ちょ……、ちょっと。やめてくださいよ。もういいですってば」

「よくありません。あってはならないことをしてしまいました。私はあなたのことを知りもせずに、冷静さを欠いて、勝手な偏見を押し付けてしまいました。謝罪させて下さい」

真人はお辞儀の姿勢を崩さない。真人と対面した患者さんたちは、こんなに丁寧で美しい姿を見せられていたのだ。これでは怒鳴りつけるのも難しいだろうなんて、妙に納得する。

それにしても、真人は、『お医者さま』の件になると、冷静さを失うのは事実だ。『お医者さま』と、なにがあったのだろう。

謝罪されている今なら、訊けば教えてくれるだろうか？　しかし、今訊くのはフェアじゃない気がした。

「顔をあげて下さい」

少し方向を変えて、訊いてみる。

「他の先生たちに、私みたいに、患者さんのために後先考えずに突っ走っちゃうような人は少ないってことですか？」

若干考え込んだ真人が、口を開いた。

「近年は医療訴訟も増え、互いの会話の内容が、思いもよらぬ媒体から晒《さら》され拡散される世の中になったので、無理もないことなのかもしれません」

その言葉に、関口のことが頭に浮かんだ。関口だけではない。これまで目にしてきた医者たちは、どこかで患者との間に線を引いているような気がしていたので、真人の言葉に納得する。

「医師の責任は、確かに大きいです。しかし、医師からしか言えない共感の言葉があるのも事実です」

「どういうことですか？」

「私たちは、日々患者さまに向き合っておりますが、医学のことについては素人です。カルテを読んでも、その治療の辛《つら》さはわかりませんし、その先にどんな未来があるのかもわかりません。そんな我々が、患者さまに対して、『治療がお辛いのはわかります』と言ったところで、どうしても軽々しい言葉になってしまいます。だから、その言葉を伝えて差し上げることができません」

「それを言えるのは、私たちだけだってことですか？」

「治療について学び、沢山の患者さまの治療を決定し、その転帰を見てきた医師だけが説得力を持たせられる言葉があると思います。それが、患者さまにとって大きな力になることも往々にしてある……」

真人の口から、『お医者さま』は出てこない。まるで、自身を律するように、慎重に言葉を選んでいるのが分かった。

真人の表情が、僅《わず》かに歪《ゆが》んでいる。

もどかしいのだ。共感の言葉を伝えることのできる医者たちがそれを口に出さない現状が。

「ありがとうございました。肝に銘じておきます」

今日は、これだけ聞ければ十分だ。『お医者さま』のことは、いずれ改めて訊けばいい。

凪沙自身が医療に真摯《しんし》に臨めば、真人は目の前から逃げない。

しかしそのためには、まず乗り越えねばならないことがある。

薫たちのことだ。彼女の心の傷に寄り添わねば、その先などない。

「鈴木薫さんのことについて、教えてくれませんか？」

「鈴木さまのこと……ですか？」

「なんでもいいんです。神宮寺さんは、お二人と何度か面会されていますよね」

凪沙はまだ、薫たちと直接会うことを許されてはいない。次回対面するのは、おそらく謝罪の場だ。

けれども、すぐにでも薫のことを知りたかった。病院を訪れる患者一人一人に事情がある。まずはその背景を知ることが重要で、それを知ろうとしない限り、クレームの全容が見えてこない。

「差し支《つか》えない範囲で、教えて頂けませんか？」

真人は、どこか考え込む仕草を見せた。

沈黙が随分長い。

話しあぐねている。そんな印象だった。

「どんなことでもいいんです。彼女の仕事とか、趣味の話でも……、救急搬送されるまでに、何をしていたのかとかでも」

訴えかけるように言うと、真人がようやく口を開いた。

「いずれお話ししようと思っていたのですが……」

神妙な物言いに、凪沙はゴクリと唾《つば》を飲み込んだ。

「彼女のご職業は、美容師です」

頭を殴られたような衝撃を覚えた。

「念願の独立を決めて、開業準備を進めていたようです。夏頃の開業を目指していましたが、ストレスが祟《たた》り、鬼頭さまと口論になって過呼吸発作を起こしたようです」

真人の言葉の一つ一つが、ボディーブローのように響いた。

そんな大事な時期に、私はなんてことをしてしまったのだろう。

「だ……、大丈夫なんですか？」

なにが？　と思うが、頭が混乱してそれ以上の言葉が出てこない。

『彼女のご職業は、美容師です』

真人の短い言葉が、頭の中に繰り返し響いた。

まともに真人の顔を見られなかった。

「もう一つ、彼女の利き腕は、左腕です」

さらなる言葉に、愕然《がくぜん》とする。

だから薫は、左腕を触られた時にあれほど強く抵抗したのだ。

なぜ、そこで疑問に思わなかったのだろう。利き腕は右だと決めつけていた。十人に一人は左利きなのに。

凪沙は、薫の商売道具を傷つけたのだ。

「私は、どうすればいいの？」

俯《うつむ》いたまま問いかける。顔を上げることができなかった。

「田崎部長の話ですが、腕の経過は、若干ながら改善の兆しが見えてきているようです」

「そういうことじゃなくて」

針を刺された瞬間の薫の心情を想像すると、胸が張り裂けそうだった。どれだけ不安だっただろう。……絶望しただろう。

「対応については、私も尽力します。双方が納得できる……」

話の途中で、真人の院内携帯が音を立てた。

真人が電話に出る。誰かと話しているその間も、凪沙は顔を上げることができなかった。

しばらくして、真人が通話を終えた。

「綾瀬先生……。武田さまの特別個室利用の件、許可が下りました」

その言葉が、虚《むな》しく響く。

「田代さまは面会を今まで通り続けて構わないとおっしゃっていましたが、心理的に無理を強いるわけにもいきません。綾瀬先生の提案通り、武田さまには特別個室を使用して頂こうかと思います」

真人が最初から特別個室の許可取りをしていたことは、これまでのやりとりから、わかりきっていた。

凪沙を励まそうとしているのだ。それが、余計心を重くさせた。

「……そうですか」

真人の顔をまともに見られない。

「では、お二人に説明しに行きましょう」

くるりと背を向けた真人の後をついていく。両足が鉛のように重く感じた。

その後、二人に説明に回った。

多美子は結局、特別個室利用の提案を受け入れた。

あの時恐縮していた多美子は、一体どんな表情で真人の提案を受け入れたのだろうか？

終始動揺したままだった凪沙は、そんなことすら分からないまま、この騒動を終えた。

第三章　誰が為の余命宣告

武田多美子が余命宣告をされていないことが判明したのは、大部屋の騒動から、およそ一週間後のことだった。

凪沙は足繁く特別個室に通っていた。しかしそれにより、がん末期患者の急激な衰えようを目の当たりにすることになった。言葉数が減り、目の光も消え入りそうに儚《はかな》い。人間の体には、不具合があったとしても、それを補う仕組みが数多《あまた》備わっている。しかしついに体が耐え切れなくなった時、坂道を転げ落ちるように命の火が消えるのだ。多美子はまさに今、そんな状況だった。

そんな折に看護師から相談されたのが、件《くだん》の話だった。

多美子の担当医は亜里佐だ。

凪沙は早速、夕方の肌ケアを終えた亜里佐に尋ねた。

「武田さんが、余命宣告されてないって聞いたんだけど」

「してないよ。まだ、家族に厳しめの話すらしてない」

あっさりとした言葉に驚く。

「じゃあ、急変時指示は？」

「未定」

急変時指示とは、容態が悪化した場合に、どんな医療行為をするのかの医者からの指示だ。これがなくては、いざというときに、看護師がどう動けばよいのかわからない。

「そろそろ、ちゃんと話さないと駄目なんじゃないの？」

亜里佐が、眉《まゆ》を下げた。

「綾乃《あやの》ちゃんって、そういう話すごい苦手だから」

綾乃ちゃんこと君島《きみしま》綾乃は、亜里佐の指導医だ。

彼女は三十歳にしてすでに二児の母で、二人目の育休が明けた今年の四月から、聖海病院に配属された。フランス人形のように可愛くて、おっとりしていて、性格も柔らかい。しかし……

「綾乃ちゃんはいい人なんだけどね、とにかく頼りないからね」

経歴を見れば、その言葉にも頷《うなず》ける。

綾乃は、研修医の頃に呼吸器内科の八つ上の指導医と授かり婚をして、同じ呼吸器内科に入局してから、すぐに出産し育休に入った。育休が明けると共に二人目を懐妊、再び産休から育休を経て、今年の四月に至る。子供たちはインターナショナルスクールに通っていて、綾乃は現在、送り迎えに奔走している。

しかし、そろそろ職場に復帰しないと専門医資格が取れない。医局の上層部が話し合った結果、時間に融通が利くこの病院に配属されたのだ。つまり彼女は、凪沙たちと大して臨床経験が変わらないまま、専門医の資格を取得しようとしている。

「外来でもいつもおどおどしてるし、患者さんが部屋を出てった瞬間に教科書開いて、『ねえ亜里佐ちゃん。あれで大丈夫だったかな？』なんて訊《き》いてくるのよ。……大丈夫かどうか訊きたいのはこっちなんだけど」

同じ外来陪席でも、指導医によって大違いだ。関口は一応、自分の確固たる診療スタイルを持っている。それが、果たしてよいのかどうかは別として……。

「病状説明のことは、話してみるけど期待しない方がいいかも。多分説明しても、ぼやっとしたことしか言えないと思うよ。『ええと……、半年は厳しいかも……、しれません。ごめんなさいっ』みたいにね」

眉を下げて困ったように喋《しゃべ》る姿は、綾乃に激似だ。たしかに異性から守ってあげたいと思わせるには、十分な武器だろう。

しかし、その態度が果たして患者家族に通用するのだろうか？

「ちょっと、せっかく真似したんだから、少しは反応してよ」

「ごめん」

モノマネ用に、敢《あ》えて乱したゆるふわパーマを纏《まと》め直した亜里佐がボヤいた。

「大体さあ、なんで凪っちが、武田さんの余命のことにそんなに躍起になってるの？」

亜里佐の大きな瞳《ひとみ》が刺さった。

「もしかして、また相談室？　あいつらになんか言われたの？」

直球で訊かれて口ごもる。亜里佐は患者相談室を信用していない。

「そういうわけじゃないけど。ランドセルがね……」

「はあ？」

亜里佐が怪訝《けげん》な表情を見せた。

「ごめん。順番に話す」

多美子と田代の大部屋騒動の顚末《てんまつ》。それに、多美子に謝罪した時に、彼女が口にした言葉を亜里佐に説明する。

「死ぬ前にひ孫のランドセル姿が見たい……、ねえ」

「そうなの。武田さんが、自分の希望を言うなんて滅多にないことだから、どうにかしたいのよ。でもご家族に相談するなら、余命の話は避けられないでしょ？」

「そりゃそうだね」

「ご家族は、武田さんが長くないってことは理解されてるの？」

亜里佐が、眉をひそめた。

「うーん……どうだろう？　そこまで深く話したことないから」

黙り込んだ凪沙を見て、亜里佐が諦《あきら》めたように口を開いた。

「まあ、私も相談してみるけど、あんまり期待しないで。なんてったって、綾乃ちゃんだから」

綾乃のほんわかした笑顔が頭に浮かび、ため息が出る。

「その代わり、凪っちも誰かに相談してみてよ。綾乃ちゃんに訊くよりはマシでしょ？」

亜里佐をやる気にさせるには、凪沙も動く他なさそうである。

「わかったわよ」

返事はしたものの、誰に相談しようか？

パッと浮かぶのは真人だが、余命告知は医者の仕事だ。真人は、医者と自分たちの仕事の範囲を明確に線引きしている。それだけに、もっと医者ができることがあるのにと、悔しい思いもしている。

そんな真人に、余命宣告のことを相談するのもなにか違う。

あと、思い当たる人と言えば……

「終末期《ターミナル》の患者に、余命宣告もしてないだと！」

関口が、これでもかというくらい目をひん剝《む》いて言った。結局、相談できる相手は関口くらいしか思いつかなかった。

グイッと顔を寄せてくる。すごい圧だ。

「最悪、訴えられるぞ！」

「はい？」

「余命宣告をしないまま患者が亡くなって、遺族から訴えられたケースは山ほどあるんだよっ」

流石としか言いようがない。関口は、たとえナスだろうが胡瓜《きゅうり》だろうが、どんな素材でも訴訟の話に絡めてしまう。

「急変時指示だってそうだぞ。延命治療のリスクや法的な縛りまで、ちゃんと話しておかないと簡単にこじれる。終末期医療は訴訟の宝庫なんだ」

「そ……そうなんですね」

普段から訴訟の話ばかりしている関口ではあるが、その表情は鬼気迫るものがあり、ただの脅しとも思えなかった。

「担当医は誰なんだよ？」

「君島先生と、同期の研修医です」

それを聞いて、関口の舌打ちが響いた。

「あのママさん女医か。まったく、臨床経験の浅い医者をこんな病院に放り出すなよ。大学病院でしっかり面倒見ろよ」

関口のグチに、凪沙はおずおずと言葉を挟んだ。

「あの、先生はどうすればいいと思いますか？」

関口の薄い頭頂から、湯気が立ち上ってきた。

「そんなもん君島が説明するしかないだろう。担当医なんだから」

至極ごもっともな意見だ。しかし、綾乃には期待できないから困っている。

「綾瀬！」

関口がさらに顔を寄せ、神妙な様子で声を落とした。

「この件には絶対に関わるなよ。こじれたら、おまえも巻き込まれるんだからな」

「でもっ」

無視などできるはずもない。亜里佐は大切な友人だし、多美子は、凪沙にとって単なる患者以上の存在だ。

煮え切らない態度の凪沙を見て、関口が眉をひそめた。

「大体な、お前はそんなことに構ってる場合なのか？」

「どういうことですか？」

「採血トラブルのことだよ。相手の経過はどうなんだよ？」

突然薫の話題を出されて、凪沙は思わず関口から目を逸《そ》らした。

「左腕は、動いてきてはいるようです」

しかし、薫の腕は動けばよいというわけでもない。元通りの機能を取り戻さないと、仕事に差し支《つか》える。そのためか、薫の表情はいつ見かけても陰ったままだ。

「まだ、完全回復というわけではないので、楽観はできません」

「見舞い金をせびるために、よくないフリをしているだけなんじゃないのか？」

なんでそこまで、という言葉を寸前で呑《の》み込んだ。

関口が言ったとおり、鬼頭は見舞い金を要求している。一方で病院側は、今回の件は見舞い金を出すケースには該当しないという意思表示をしていて、両者は協議の真っ最中なのだ。

「彼女は美容師です。悪いフリをするメリットなんてありません」

しかも、独立を目前に控えている。一刻も早く腕を回復させて仕事をしたいに違いない。そんな薫の人生を狂わせてしまったのが自分なのだ。それを思うと、陰鬱《いんうつ》な気分が押し寄せた。

「相手の職業なんて関係ない。合併症で押し通せ」

関口の声が、一層低くなった。

「過換気症候群に対する血液ガス検査は、おかしな判断じゃない。全ての医療行為には、合併症は付きまとうものだ。だから、相手の事情に忖度《そんたく》する必要なんてない」

関口の口調は、『患者さま』理論を語る時の、相手を小馬鹿にしたものとは違った。

「なあ綾瀬。お前はたしか、医者の家の出じゃなかっただろう？　親御さんは何をやっていたんだ？」

こんな質問に答えたくもないが、いつもと違って関口の表情は真剣そのもので、結局その圧に負けた。

「印刷系の大手下請けの会社員です。母はスーパーのパートです」

「そうか」

「私の家庭の話なんか聞いて、どうするんですか？」

凪沙の問いには、関口は答えなかった。かわりに、凪沙の白衣にぶら下がった写真付きの名札を指差した。

「死んでもその医師免許を守り切れ」

「……え？」

「苦労して取ったんだろう。それは、親御さんも必死に応援してくれたからこそ手にできたものだ。だから、ここで訴訟を起こされて捨てるほど軽いもんじゃないんだよ。絶対に守って、先々で多くの患者を救えばいい。それがお前の背負ってる責任なんだよ」

その言葉からは、相手を小馬鹿にするような意図は一切感じられなかった。

「この件には絶対に関わるなよ。おまえの為にならん」

真顔で改めてそう言われ、なにも答えることができなかった。

考えれば考えるほど、わからなくなってくる。

なんのための余命宣告なのだろうか？

看護師からは、多美子の急変時指示がないから困ると言われ、関口から訴訟のリスクだから関わるなと釘《くぎ》を刺された。

話がどんどん違う方向に逸れている。

こと、病院という場においては余命宣告が必須《ひっす》だ。

しかし問題なのは、医者によってその方法論は様々だということだ。訴訟回避に主眼を置く関口や、重い話をことごとく避ける綾乃。亜里佐はそれに振り回されているし、どうにかすべきだと考えている凪沙は、手を出せない立場にある。

人の死とは、一体誰のものなのだろうか？

そんなことを考えていると、凪沙の足は、自然と多美子の部屋へと向かっていった。

特別個室には、心拍モニターの音が響いている。

多美子は寝ていた。近頃、鎮痛のための麻薬も増えていき、家族が見舞いに来るとき以外は、目を閉じている時間が増えている。

きっと今後も麻薬の量が増えて、多美子が傾眠《けいみん》している時間も長くなる。目を覚ましているときだって、夢と現実の境界もわからなくなる。そして近い未来に最期を迎える。

多美子の寝顔を見て思う。

今更、余命の話をする意義などあるのだろうか？

「あなたの余命は一、二週間です」と伝えられたとしても、得るものがあるのだろうか？

『翔平のランドセル姿が見たい』という多美子の言葉が脳裏をよぎった。余命を知らせないことと、希望を叶《かな》えないことは別の問題だ。しかしその二つは、切っても切れない関係でもある。

考え込んでいると、多美子が突然咳《せ》き込んだ。ゴボゴボと血痰《けったん》が口から溢《あふ》れてくる。

「武田さんっ。いま、お口の中をお掃除しますねっ」

ベッドに備え付けられた吸引器で、血痰を吸い取った。

「大丈夫ですか？」

多美子がゆっくりと瞼《まぶた》を開いた。

「綾瀬先生ですか？　来てくれてありがとう」

「いえっ、ただお顔を見にきただけで、そんな大層なお礼なんて」

穏やかな笑みを浮かべつつも、多美子はわずかに眉《まゆ》を下げた。

「いいえ。ここは静かでね、ちょっと心細かったんですよ」

その一言が、やけに胸に刺さった。返事に窮していると、一定のリズムを刻む心拍モニターの音だけが広い部屋に響いた。

多美子が、天井を見ながら呟《つぶや》いた。

「最近ね、悪いことばっかり考えてしまうんです」

やはり、返すべき言葉が見つからない。凪沙は、それとなく多美子の視線を追った。均等に伸びた金属格子にはめられた、トラバーチン模様の天井素材が視界に広がった。これが、多美子が毎日見ている景色だ。

「私はもう、長くないんでしょう？」

突然、そう訊《き》かれた。声量は小さいが芯《しん》がある。どこか確信を感じさせるような声だった。

余命宣告をされていないのに、担当医でもない凪沙が答えるわけにはいかない。しかし、沈黙することは肯定につながってしまう。

「そんなことは……」

しかし、追い詰められて出た言葉は、そこで止まってしまった。

「大丈夫ですよ」

その声に引っ張られるように多美子を見る。いつもと同じ穏やかな瞳《ひとみ》と目が合った。

「自分の体のことは、自分が一番よくわかっています」

多美子が眉を下げた。

「あの子に申し訳なくてね」

「お孫さんですか？」

「そう。今までも沢山迷惑をかけてしまったから……」

次の言葉までは、少し時間が空いた。

「私は、息子夫婦を早くに亡くしたんです。だから亜子は、私が育てた子なんですよ」

だから、孫家族しか見舞いに来ないのだと納得する。

「そのぶん足りないことも多くてね、あの子には一杯不便をかけた……。それが申し訳なくてね」

これだけ気配りのできる多美子の子育てが、杜撰《ずさん》なはずなどない。こんな状況でも、多美子は他人を慮《おもんぱか》るばかりなのだ。

「武田さんは、すごく優しい方です。私が点滴で失敗したときも励まして頂いたし、こちらのお部屋に移ったときも、お相手のことばかり心配されていました。私たちは、いつも武田さんの優しさに助けてもらっている気がします」

凪沙が仕事に迷っているときも、田代との大部屋騒動のときも、多美子がいなかったら、今の状況に落ち着いてはいないだろう。

けれども……

「その代わり、武田さんには色々なことを我慢して頂いているので、本当に申し訳なく思います」

こんな死の間際まで。という言葉は、心の中に留《とど》めた。

「これくらいの我慢は、なんというものでもないですよ」

多美子の視線が、ふと天井の向こう側を見たような気がした。

「ちょっと昔の話をしてもいいですか？」

「もちろんです」

多美子が、言葉を嚙《か》み締めるようにゆっくりと話し始めた。

「私は、戦争の時代の人間なんです。生まれてからすぐに、大きな戦争が始まったのよ」

第二次世界大戦だ。凪沙が生まれる五十年も前の話だ。

「暮らしは大変でね……。物資はお国のために使われるから、そりゃあもう質素な生活で、東京が危なくなるという話だったから、小学校にあがる頃に、田舎に疎開だってしたの。なにかを考えている暇もなくて、ようやく戦争が終わったのは八つの頃だった」

戦時中の話は、祖母からも聞いたことがなかった。

「戦後がまた大変でね……。どこも焼け野原で、なんにもなかった。そんな中で、みんな必死で生きてきたの。なにを我慢したのかなんてことはわからないくらいもがいていました。それを思い出せば、どんな苦労もたいしたことなんてないんですよ」

まるで昨日のことのように話す多美子の姿からは、彼女が現在とは全く別の世界を生き抜いた人なのだと実感させられた。

多美子の話はしばらく続いた。戦後の混乱を生き抜き、織物工場に就職して、毎日ヘトヘトになるまで働いたという。

「辛《つら》い時代だったんですね」

ようやくひねり出せたその言葉は、我ながら陳腐に思えた。

多美子が微笑んだ。その瞳には穏やかな光が灯《とも》っている。

「人がいたから生きてこられたのよ」

「人……ですか？」

「音が聞こえてくるの」

多美子が、震える手を耳に添えた。

「あの頃は、薄っぺらい壁の集合団地に住んでいてね。夜中でも、ドタドタした足音や、笑い声に怒鳴り声、食器の音だって聞こえてきた。うるさかったけど、みんな生きているんだって実感できたの。人の音が聞こえてくれば、どんな辛いことにも耐えてこられたのよ」

心拍モニターの音が、やけに耳にまとわりついた。

この部屋には機械の音しか響いてこない。

それに気づいたとき、嫌な考えがよぎった。

多美子は、この部屋に移動したくなかったのではないだろうか？

金銭的な問題なんかじゃない。音がしないこの部屋では、他人の命を感じることができない。辛い時代を支えてくれた他人の音が聞こえない空間。だから、本当は個室が嫌だった。

「近くに人がいるっていうのは、とてもありがたいことなの。だから綾瀬先生が来てくれて嬉《うれ》しかったんですよ」

多美子の言葉に、心がざわついた。

この一週間、多美子からは目に見えて生気が失われていった。

がんに体力を蝕《むしば》まれたせいだと思い込んでいたが、個室への移動が、それに拍車をかけたのではないだろうか。

けれども、直接訊いたところで、多美子が本心を口にするとは思えない。凪沙が傷つくであろう言葉は、命が尽きるまで胸の奥にしまっておくような人だ。

「私は、もう十分に生きた」

消え入りそうな、か細い声だった。

胸が潰《つぶ》されそうに痛い。

「そんなこと……言わないでください」

無力感に苛《さいな》まれる。自分が多美子にできることは何もないのだろうか。

「私、もっとこの部屋に来ます。だから、これからもいっぱい話をしてくださいませんか？」

音のない時間を極力作らない。考えた末、そんな提案しかできなかった。

疲れたのだろうか。多美子が、まどろむような表情で呟《つぶや》いた。

「ありがたいねえ。……本当にありがたい」

「他にないですか？　私にできることがあれば、なんでも……」

すると多美子が、か細い腕を布団から伸ばした。

「じゃあ一つだけ、わがままを言ってもいいですか？」

骨張った手が、凪沙を探すように空を彷徨《さまよ》った。

その手を、優しく包み込む。

「なんでしょうか？」

多美子が穏やかに微笑みかけた。

「私が死ぬときには、綾瀬先生も顔を出して欲しいの。静かな場所で逝くのは嫌なんです」

多美子の瞳には、切実な想いが込められていた。これは、いつも他人を慮ってばかりの多美子の本音だ。そう感じた。

「必ず駆けつけます」

その言葉を聞いた多美子は、「ありがとう」と呟いて、ゆっくりと目を閉じた。

多美子の心情を知った。そして、凪沙の判断が多美子の現状を作ってしまったといっても、過言ではない。

関口からは、多美子の件に首を突っ込むなと忠告されたが、すでに充分関わっているのだ。今更見過ごすなんてできない。結局凪沙は、患者相談室に駆け込んだ。

「神宮寺さんっ！」

真人は事務机に座っていた。向田も一緒だ。

「あら綾瀬先生、お疲れさま」

向田に頭を下げて、真人の机の前に両手をついた。

「どうしましたか？」

「折り入って相談したいことがありまして」

二人が固まり、沈黙が落ちた。

しばらくすると、向田が揶揄《からか》うように言った。

「あらやだ。私、お邪魔かしら」

自身の言葉の意味に気づかされて、頬が熱くなる。

「いやっ、そういうんじゃなくて。仕事のことです。もちろん、向田さんも一緒に」

向田が、堪《こら》えきれない様子で笑い出した。

「冗談よ。綾瀬先生って本当に面白いわ。じじ臭い真人くんと違って、場が華やいで楽しいわ」

コホン、と真人の咳払《せきばら》いが響いた。

「もうすぐ会議があるので、手短にご説明頂けますか？」

「はっ……はいっ。すみませんっ」

慌てて、真人の向かいに座る。右斜め前は向田だ。

凪沙は、早速話を切り出した。

「実は、武田さんの余命宣告のことで困っていて……」

これまでの経緯を説明する。家族への余命宣告がされていないこと、頼りにならない綾乃に、多美子の心情について。

「本当は、ここで相談するべきものじゃないと思っていたのですが、他に相談できる人がいなくて」

向田が柔らかく笑った。

「そんな他人行儀なことを言わないで、なんでも相談してきてくれていいのよ。ここは、お節介を焼くための部署なんだから」

普段はのほほんとしている向田だが、こういうときに懐の深さを実感する。

「大体、私たちその話はもうとっくに知ってたしね」

平然と言い放たれた言葉に、耳を疑った。

「え？」

「真人くんも知ってるわよ」

「ええっ？」

梅昆布茶を堪能《たんのう》している真人に、詰め寄った。

「武田さんのこと、ご存じだったんですか？」

「はい。この部署には、看護師から事務員、検査技師、それから食堂スタッフに至るまで、全ての問題が一括して上がってくる仕組みになっていますので」

真人が、つらつらと説明する。

「大きな組織になると、院内の問題の種を一元に把握して対処し、改善策を講じるような仕組みが必須《ひっす》なのです」

先日も、真人が田代のことを事前に把握していた理由はそれだったのかと、今更納得する。しかし、問題はそこじゃない。

「知っていたのなら、なんで教えてくれなかったんですか？」

……あれだけ悩んでいたのに。と、心の中で言葉を添えた。

「訊《き》かれなかったので」

平然と言い放つ真人に絶句する。田代の一件で、真人と少しは距離が縮まったと思っていたのに……。

「真人くんも意地悪ねえ」

「本当ですよっ！」

一瞬空気が凍ったあと、向田が笑い出した。

「あっ、違うっ……。そういう意味じゃなくて」

絶妙なタイミングの言葉に、つい乗せられてしまったのだ。向田の笑い声を静めるように、真人がもう一度咳払いをする。

「あらごめんね真人くん。怒っちゃった？」

ことりと湯呑《ゆの》みを置いた真人が、ため息をついた。

「別に悪意があってこの件にタッチしなかったわけではないです」

真人が凪沙を見据えた。

「綾瀬先生。一つ伺ってもよいですか？」

「はっ……、はいっ、なんでしょうか？」

凪沙は反射的に背筋を伸ばした。

真人は、裁判官のような厳かな空気を纏《まと》っている。

「人の命は、誰のものだと思いますか？」

どんなことを問いかけられるのかと思って構えていたら、ここ数日ずっと自問自答していたことだった。

「その人自身のものだと思います。人生は、他の誰のものでもないはずです」

多美子の人生の話を聞いた今では、尚更《なおさら》そう思う。多美子の人生は彼女のもので、いわんやその最期だって本人のものに違いない。

他人を思いやってばかりの多美子には尚更、自身が満足する最期を迎えて欲しいと切に思う。

真人の口角がわずかに上がった。今までに見せたことのないくらい柔らかい表情に、凪沙は息を呑んだ。

「じゃあ、もう答えを見つけているじゃないですか」

「えっ？」

「あとは進むだけ。あなたの不器用でまっすぐなやり方を貫けばいいと思いますけど。なにか問題でもありますか？」

それだけ言うと、真人は仕事を再開した。あまりにあっさりそう言われると、話は至極単純なのかもしれないと納得しそうになる。しかし、関口や綾乃の顔が脳裏に割り込んでくる。

「でもっ、余命を話しておかないと訴訟になるとか、担当医からしかその話ができないとか、急変したときの治療は決めておかないといけないとか……。色んな壁が立ちふさがるんですよ。だから、他の人から話を聞けば聞くほど、本質から話が逸《そ》れてしまうんです」

モヤモヤした思いを、全部吐き出した。

斜め向かいの向田が、湯呑みを静かに置いた。

「単純な真理ほど、得てして正解に辿《たど》り着くのが難しいものなのよね。恋愛と一緒だわ」

物憂げにため息をついた向田を横目に、真人が口を開く。

「病院という場の特殊性が、本質の邪魔をするわけです。では、その特殊性の正体はなんなのか、考えたことがありますか？」

なんだろう？　パッと浮かんでこない。

「病院が普通じゃないってのはわかりますけど、改めてなんだと訊かれると……、わからないです」

真人が、二本の指をスッと伸ばした。

「余命が推定できてしまうこと。そして、その余命をコントロールできる裁量が医師にあること、です」

その言葉にハッとした。

「医師が常識だと思っていることは、世間にとっては極めて非常識なのです。いわんやその対象は、人の命です」

だからこそ、医者の行動には責任が生じるのだ。そして、受け手はその責任に対する結果を期待している。裏切られた時、期待が怒りに変わることは、田代の一件で身に染みてわかった。

「だから、余命宣告が訴訟の引き金になるってことですか？」

「その通りです。しかし、かといって訴訟を回避することだけに主眼を置いた対応をすればいいというのは短絡的です」

隣から、向田の声が響いた。

「余命宣告しなかったから訴えられたケースも多いけれど、余命宣告したことで訴えられた例もあるのよ」

「なんですかっ、それは？」

　真人が答える。

「余命宣告後に患者さまが精神を病んでしまい、治療に向かう気力がなくなり結果的に死期を早めた、と訴えられた実例があります」

「そんな……。どっちに転んでも訴訟になるんだったら、どうすればいいんですか？」

　向田が再び微笑む。

「単純な真理ほど、正解に辿り着くのは難しい。だからこそ、真理を忘れてはいけないの。例えば恋愛なら、ややこしい状況に陥ったときには、自分はそもそも相手のことが好きなのかっていう、最初の問いに戻ればいいわけよ」

「迷ったら基本に立ち戻れってことですか？」

「そういうこと」

　向田がウインクをした。

「綾瀬先生」

「はっ、はいっ」

　顔を向けると、真人の真摯《しんし》な瞳《ひとみ》と目があった。不意打ちで見つめられると、澄んだ青色にドキッとしてしまう。

「不安であれば、背中くらいは押しますが、あなたはもう、自分なりの答えを見つけられる人ではないのですか？」

「えっ？」

「私は、あなたがこの件に対応できると信頼しているのですが」

その言葉に、胸が熱くなる。真人は嘘やおべっかを言わないからだ。たった一言で、迷いや不安が吹き飛んでいた。

「やってみます」

真人が小さく頷《うなず》いた。

「ではこの件は、綾瀬先生に一任します」

時計に、チラリと目をやる。

「もう会議が始まりますが、せっかくなのでもう一つだけヒントを差し上げます」

真人が姿勢を正す。つられて、凪沙も背筋を伸ばした。

「患者さまの最期は、患者さまのもの。では、患者さまが納得できる最期を迎えられたかどうかは、誰が判断するのでしょうか？」

当たり前だが、本人にそれができるはずはない。本人の人生はそこで終わるのだ。おそらく医者でもないだろう。

それを思ったとき、ハッとした。

「そうか……、家族だ」

真人の言葉で、優先順位が明確になっていく。最も大切なのは患者本人の意向だ。その上で、遺《のこ》される家族と意見を擦り合わせていくのが重要なのだ。

患者が納得できる最期を迎えたかどうかは、家族の目を通してのみ判断される。納得がいかなかったときにどうするか。それを決めるのもまた家族であり、最悪の場合に訴訟に至る……。

「だからこそ、家族への説明が必要だって言われているんですね。余命宣告は、手段であって目的じゃない」

真人が笑みを浮かべた。

「ご家族の人生は、患者さまが亡くなった後にも続きます。患者さまの最期いかんで、新たなご家族の人生が訴訟から始まってしまうかもしれないし、逆に前を向いて歩き出せる糧になるかもしれません」

その言葉が心に響いた。

「医師免許を持つことの責任……」

医療は、患者の家族の未来まで左右する。

「肝に銘じておきます」

その言葉の重さを、口に出して改めて痛感する。

「医師の責任は確かに重い。でもあなたの背中には、私たちがいることを忘れないでください」

淡々とした口調のその言葉は、凪沙の心を軽くした。

真人が立ち上がる。

「では室長、あとのことは頼みました」

「わかったわ。真人くんも会議お願いね」

頷いた真人が、引き出しから手のひらサイズの箱を取り出した。

「召し上がってください」

目の前に差し出されたのは……、羊羹だ。

背中を向けた真人は、さっさと事務室を後にした。その背中をポカンと眺めていると、向田が興奮した声を上げた。

「あらやだ、虎屋《とらや》だわ。いつもスーパーの安物しかくれないのに」

「はい？」

「仕事を頼むときには和菓子をくれるのよ。虎屋の羊羹はその中でも一番上等のやつよ。きっと綾瀬先生に期待してるのね」

真人の全容が摑《つか》めない。

「神宮寺さんって、昔からあんな感じの人なんですか？」

すでに羊羹を頬張っている向田が、首を振った。

「ああ見えて、近頃随分丸くなったわよ」

向田が、事務室の扉に目線をやる。真人が去ったのを改めて確認した向田は、声のトーンを一段階下げた。

「あの子、少し前までは医者のことが大嫌いだったの。だから、羊羹を医者にあげるなんて、あり得ないことだったわ。しかも虎屋」

羊羹のことはさておいて……。向田が言っているのは、『お医者さま』のことだろう。今が訊《き》くチャンスなのかもしれない。

「神宮寺さんって、『お医者さま』となにかあったんですよね？」

あえて、『お医者さま』という言葉を強調した。向田には、それだけで意図が伝わったようだ。あっという間に羊羹を平らげた向田が、神妙な表情を見せた。

「真人くんはね、がんの末期患者さんのことで、お医者さまと大喧嘩《おおげんか》したことがあるの」

「あの神宮寺さんが大喧嘩？」

「入職当初は、真人くんはもうちょっと溌剌《はつらつ》とした青年だったのよ。特に終末期医療について情熱的だったの」

初めて出会った日に、そんな話が出たのを思い出す。

「真人くんは、チーム全員で意識を共有して、治療をしようって理想を持っていたの。でもそれが、上手《うま》くいかなかった」

「それが……お医者さまのせい？」

「そうなの。ちょうど武田さんと同じような状況だったわ。余命宣告が先延ばしになってしまった患者さんがいらしてね。真人くんは、本人や家族のためにもきちんと話をした方がいいって訴えたんだけど、その先生が激昂《げきこう》しちゃってね」

向田の表情は、陰っていた。

「医者でもない事務員風情がわかったような口をきくなって、一喝されちゃったの。結局、患者さんの最期はその先生に一任されたわ」

「その患者さんは、満足のいく最期を迎えられたんですか？」

「それは、さっきも言ったけど、私たちが評価すべきものではないわね」

向田が首を振った。しかしその表情を見れば、理想とは程遠かったのであろうことは、想像に難くなかった。

「その先生が、もっと神宮寺さんの言葉に耳を傾けていれば」

「あれは、起こるべくして起こった衝突なのかもしれないわ」

「どういうことですか？」

「うちの病院って、医者の大半が大学病院からの派遣社員みたいなもんでしょ？」

創立以来規模を拡大していった聖海病院は、現在、院長が卒業した大学病院の関連病院と化している。

「年齢も性格も技術もバラバラな医者が、毎年のように派遣されてくるの。まるでくじ引きみたいなものよ」

「くじ引き？」

「そう。それもハズレが多めの、ね」と、向田が眉《まゆ》を下げた。

「うちは特色のない総合病院だから、大学病院からの優先順位も低めなの。だから送られてくるのは、大学の問題児とか、キャリアを増やすための腰掛け的な医者が多いのよ」

関口や綾乃の顔が頭に浮かぶ。いつか亜里佐が表現していた、『ここはそういう病院』という言葉の意味を改めて実感した。

「そんな先生たちに、やる気まで求めるのは難しいでしょ？　きっと真人くんは、いずれ誰かと衝突していたわ」

だから真人は、『お医者さま』を忌み嫌っていたのだ。理想とかけ離れた医者たちを、その目で山ほど見てきたのだろう。

「やがて真人くんは、お医者さまに期待をしなくなったの。むしろ、どんなお医者さまが配属されても患者さんが不利益を被らないように、患者相談室のシステムを徹底的に管理したの」

それが、今の患者相談室に繋《つな》がっているのだ。鬼頭の件も、田代の件も、スタッフたちは真っ先に患者相談室を頼った。患者相談室は、スタッフからの厚い信頼を獲得しているのだ。しかしその一方で、医者からは認知すらされていない。

「でもそれって、なんか歪《ゆが》んでいませんか？」

向田が眉を下げた。

「私も、このままじゃいけないと思ってる。スタッフの分断があったままじゃ、いつか大きな事故が起こるわ。でも、真人くんも相当な頑固ジジイだからね」

歳を重ねた真人を想像してしまう。妄想を消そうと奮闘していたら、向田の視線に気づいた。

「なんですか？」

向田が凪沙の鼻を指差した。

「でも、我が病院に希望の星が流れてきてくれた」

「希望の星……、私が？」

「そうよ。真人くんの『お医者さま』嫌いを治してくれるのは、『お医者さま』しかいないって、ずっと思っていたの」

向田の瞳《ひとみ》には、多大な期待が浮かんでいる。

「ここに研修医を受け入れるって院長が言ったとき、真人くんが大反対したの。こんな状況で、経験もない『お医者さま』を入れるなんて冗談じゃないって。でも断固として受け入れを支持したのが、田崎部長なのよ」

向田が柔らかく笑った。

「その理由がわかった気がするわ」

凪沙は慌てて手を振った。

「そんなっ！　私なんかにそんな大それたことは」

向田が、凪沙の目の前で羊羹を揺らした。

「真人くんは、武田さんの件を自分で解決したかったはずよ。終末期に関することだからね。でもあなたに全てを任せたの。虎屋の羊羹まで託して、ね」

虎屋の羊羹に、真人の顔が重なった。『この件は、綾瀬先生に一任します』、短い言葉に込められた意味を、今更ながら実感する。

「さて、おばさんの世間話は終わりよ」

羊羹を手渡され、再び真っ直ぐに見据えられる。

「これからどうするつもりなの？　時間はあまりないわよ」

そうだった。まずは多美子のことに集中しなくてはならない。やはり、家族への説明は必須《ひっす》だ。けれども綾乃には期待できない。ならば、余命宣告できる人間は一人しかいない。

「同期の本庄を説得しようと思います」

「研修医の?」

「はい。彼女は美容外科志望で、こういったシビアな話を避けたがるので、説得は難しいかもしれませんが」

向田が頬を緩めた。

「うん、いいわね。あの子はいい子よ」

突然の言葉に息を吞《の》む。何に対して言っているのかわからないが、あまりに自然な物言いに、すんなり納得しそうになった。

「彼女のこと、ご存じなんですか?」

向田が首を振る。

「直接会ったことはないわ。でも、カルテは見ているの。専門的な内容まではわからないけど、色んな先生のカルテを読んでいると、その人の性格が見えてくるものなのよ」

向田の優しい言葉に胸が熱くなった。亜里佐は、ゆるふわの見た目から、周囲から誤解を受けやすい。

「きっとうまくいくわ。存分にやっていらっしゃい」

その言葉に押されるように、凪沙は立ち上がった。

「ありがとうございます。行ってきます」

凪沙は一目散に研修医室に向かった。午後六時半、亜里佐はまだ部屋にいるはずだ。


「私が説明すんの？」

亜里佐は、研修医室に響き渡るほどの素《す》っ頓狂《とんきょう》な声を上げた。

「ムリムリムリ。だって私は美容外科医志望の研修医だよ。余命宣告なんてできるわけないっしょ」

「でも、綾乃先生には期待できないでしょ？」

亜里佐が眉をひそめた。

「そんなん、するだけ無駄だよっ。今日だって話してみたけど、『うーん、考えておくね。じゃあ亜里佐ちゃん、いつもごめんね』って、さっさと子供のお迎えに行っちゃったもん」

亜里佐が、ゆるふわパーマを掻《か》きむしった。

「綾乃ちゃんになんか任せたら、うーんって言ってる間に武田さんは亡くなっちゃうと思うわ」

「本当にそれでいいの？」

直球で訊《き》いた瞬間、亜里佐が口籠《くちご》もった。

バツが悪そうに視線を逸《そ》らす。

「やっぱり、このままじゃ駄目だって思っているのよね」

亜里佐が、まとめかけたパーマを再び振り乱した。

「いいわけないっしょ！　それくらい、私だってわかってるわよ」

珍しく感情をあらわにしている。やはり亜里佐は、現状に納得しているわけではないのだ。

「でも私は、こんな重いことをするためにここに来たんじゃないのよ。凪っちだって知ってるでしょ？」

その声は苛立《いらだ》ちを孕《はら》んでいた。まるで、ぶつけどころのない怒りを吐き出すかのようだった。

「医者になったらすぐに美容外科の道にいきたかったけど、それができないから、わざわざハイポな病院を選んできたのよ。それなのに、なんで私が指導医の尻拭《しりぬぐ》いをしないといけないのよ」

亜里佐は何に対して怒っているのだろうか？　国の制度、綾乃、病院、多美子、それとも私……。

どれも違うように思えた。

「武田さんのご家族に説明をできるのは、りさちんしかいないのよ。……だからお願い」

「やめてよ！」

パーマの隙間から、鋭い眼光が見えた。

「私は凪っちみたいな優等生じゃないのよ」

どこか投げやりな、自虐が込められた声だった。

「どういうこと？」

「あんなヤンキーに脅されて怖い思いしたのに、それまで以上に患者さんのために走り回れる凪っちは凄《すご》い。シンプルに尊敬する。でも私にはそんな生き方は無理なの。だから私に、それを押し付けないで欲しいの」

語気は荒い。しかし、言葉の強さと反比例するかのように、大きな目は潤んでいた。右手が、所在なげに髪を触っている。

いつか向田に教わったこと。髪を触る仕草は、不安とストレスを示すサインだ。

「綾乃ちゃんの下についたのが、私じゃなくて凪っちだったらよかったね。そしたらきっと今頃、凪っちだけでなんとかしてたよね。でも私には無理なの。患者さんと深く関わる覚悟なんてない。結局私も、綾乃ちゃんと一緒なのよ」

その言葉で、ようやく亜里佐の気持ちが知れた。

亜里佐は、自分自身に対して怒っていたのだ。

理想と現実の乖離《かいり》。このままじゃいけないと思いつつも、あと一歩が行動できない。

そして行動しない先にあるのが、理想と乖離した医師像であることもわかっている。

亜里佐の迷いが、凪沙には痛いほどわかった。ついこの間まで、凪沙も同じ迷いの中にいたからだ。

あのとき一歩を踏み出せてよかったと、心から思っている。

その勇気をくれたのは、真人たちとの出会いだった。共に迷い、支えてくれる仲間がいたからこそ、自分の道を貫く勇気がうまれたのだ。

悩んでいる亜里佐を支えられるのは、同じ経験をした自分以外にいないはずだ。

それを思った瞬間、凪沙は亜里佐の手を包み込んだ。あれだけ興奮していたはずなのに、伝わってきた彼女の体温は冷たい。

大きな瞳《ひとみ》を真っ直ぐに見て、凪沙は声を上げた。

「私もそばで、一緒に説明させてもらえないかな」

亜里佐が目を見開いた。

「なにもしないまま武田さんが亡くなってしまうと、後悔するのはりさちんだと思う。薄情なフリしてたって、りさちんがそんな人じゃないことくらい私は知ってるもん」

凪沙が薫たちとの一件で塞《ふさ》ぎ込んでいたとき、なにかと声をかけてきてくれたのは、亜里佐だった。

「ご家族に説明しようよ。家族からどんな言葉を言われたって、私が一緒にその言葉を受け止める。もしも独断行動を責められるようなことがあっても、りさちんを一人にはしない。私も一緒に責任をとるよ」

亜里佐の目は、瞬《まばた》きを忘れたかのように動かない。けれども、幽霊のように冷たかった手は、段々と温かさを取り戻していった。

亜里佐が、ボソリと呟《つぶや》いた。

「なんでそんなことまでしてくれるのよ？」

「りさちんに、この先も後悔しない医者の道を歩いて欲しいからよ。だって、大切な友達だもん」

かぶせるように答えると、互いの間に沈黙が落ちた。

しばらく見つめ合う。すると突然、亜里佐から笑いがこぼれた。

「熱っ」

ケラケラと笑い出す。

「どうしたのよ？　私は真面目に……」

「だからよ。めちゃくちゃ熱い言葉でびっくりしちゃったわ。凪っち最近、相談室の影響を受けすぎなんじゃないの。あそこの人たちって、みんなそんなに熱苦しいの？」

「ちっ、違うよっ。そんなことないよっ」

「じゃあ、元々の凪っちの性格か。さすが患者の心に寄り添いたいって宣言しただけあるわよね」

揶揄《からか》われるように言われて、頰が熱くなる。

「それ言うのやめてってば」

亜里佐が笑う。さっきより、随分と柔らかい表情になった。

「ありがとう。嬉《うれ》しかった」

珍しく真っ直ぐな物言いに、うっかり言葉を返すのを忘れてしまった。

「この際だから、私が悩んでることを言っちゃうね」

亜里佐が改めて視線を凪沙に合わせた。

「私、チキンなの。人が死ぬのが怖いのよ」

あまりにあっさりと告白され、脳の処理が追いつかない。

「本当よ。おばあちゃんが亡くなった時のことを思い出しちゃうから、人が死ぬのに立ち会いたくないの。医療ドラマとかですら無理。患者さんに名前を呼びかけながら心マするシーンとか、辛《つら》くて見てられないのよ」

だから亜里佐は、命に関わる重い話を避けていたのだ。

「本当は、亡くなりそうな患者さんと関わるのも嫌なの。関われば関わるほど、亡くなる時が辛くなると思うから……。大事な人が亡くなったから医者になったって、キラキラした顔で言う同期も多いのに、私は逃げたいのよ。……ダサいよね」

自身の弱さを告白する亜里佐の手は、小さく震えていた。励ますように、凪沙は握る手に力を込めた。

「私だって、人が亡くなるのは辛いよ」

亜里佐が、再び両手を固く握った。

「正直、余命宣告なんてしたくないし、できるとも思えない」

「……りさちん」

「でも、凪っちが一緒にいてくれるならやるよ。私も、後悔はしたくないんだ」

顔を上げた亜里佐の瞳は、元の輝きを取り戻していた。

「ありがとう、りさちん。一緒に頑張ろう」

亜子への病状説明は、翌日の午後に行なった。

そのことを真人に報告しにいくと、二階の休憩スペースに誘われた。病院エントランスを見下ろすこぢんまりした空間には、自動販売機とピンクのビニール生地の三人掛けソファーが二台配置されている。

真人は、自動販売機で購入した缶を凪沙に手渡した。

「熱い。なんですか、これ」

「しるこドリンクです」

冷房が効いているとはいえ、真夏の、しかも精神的に疲弊しきった直後に温かいしるこ。個人的には、まず選択しないものだ。とりあえず手の上で転がして、冷めるのを待つ。

缶を開けた真人は、病院エントランスに目をやった。

「ここ、穴場なんです。大きな案件を終えたあとに、よくここに来ます」

ソファーに座ると、ガラス張りの手すりから会計窓口の様子が透けて見えた。沢山の患者が会計に並んでいる。ひっきりなしにやって来ては去っていく。改めて見ると、膨大な数だった。

「あの人たちみんなが、なんらかの不調を訴えて、病院に来ているんですね」

一人一人が、田代であり、多美子であり、その家族でもある。それを思うと、身震いした。

「この光景を見ると、改めて身が引き締まりますね」

それだけ言って、真人はしるこドリンクを口にする。

どこか手持ち無沙汰《ぶさた》になり、凪沙も缶を開けて口に流し込んだ。

「あまっ」

ここ数日の悩みを吹っ飛ばすほどの、強烈な甘ったるさが口一杯に広がる。

「ご家族への説明は、いかがでしたか？」

事務連絡のように、真人が訊《き》いてきた。

「神宮寺さんは、もうご存じなんじゃないんですか？」

少しばかりの嫌味を含めて言ってみる。真人は、病院内の問題を全て把握している。

患者説明を終えたすぐ後に、病棟から報告されているはずだ。

「結果は存じ上げております。しかし、大切なのは過程だと思います。当事者にしかわかり得ないものがあると思いますので、是非共有させて下さい」

凪沙は患者の列を見ながら、先ほど終えた病状説明を回想する。始まる前の緊張は相当だった。亜里佐もずっと震えていた。

しかし……。

「驚くほどあっさりと、それに、和やかに終わりました」

「そうでしたか」

真人からは、あまり驚いた様子が感じられなかった。

「ご家族の反応は？」

「やはり最初は、相当驚かれました」

『祖母は、もうそんなに悪いんですか？』

それが、亜子から飛び出た最初の言葉だった。しかし、すぐに落ち着きを取り戻した。

「武田さんが、面会の度にご家族に言っていたそうです。自分はきっともう長くないから覚悟しておいてくれ、と。それに、どうなってもお医者さまには迷惑をかけないようにとも、口を酸っぱくして言い聞かせていたようです」

実に多美子らしい行動だ。

「ご家族は、病院側から話をされるのをずっと待っていたのだと思います」

その証拠に、余命宣告の後に様々な質問が飛んできた。急変した際に翔平も一緒に連れて来ていいのか、寝泊まりは可能なのか、どんなときに連絡をくれるのか、亡くなった後の手続きや、葬儀屋の指定はあるのか、どのように自宅に帰るのか、など。

亜子は、想像よりもしっかりとした人だった。多美子の死も受け入れていたし、多美子と同様、心配りに長《た》けた女性だった。凪沙たちの経験不足を察知していただろうが、二人に詰め寄ることもせず、一貫して穏やかに話し合いに応じていた。

亜子にはあれだけ医師に訊きたかったことがあったのだ。タイミングは遅かったとはいえ、話し合いの場を設けられてよかった。

しかし、質問に答えたのは、凪沙でも亜里佐でもなかった。

「向田さんが来てくれて、本当に助かりました」

真人は、黙々としるこを飲んでいる。

予定時刻の少し前、病棟に向田が来てくれた。

亜里佐を見た向田は『写真で見るより断然可愛いわ！』と、興奮した声を上げて、嬉しそうに亜里佐に話しかけていた。最初は訝《いぶか》しがっていた亜里佐も、向田が亜里佐のハンドクリームをイソップの高級ものだとピタリと言い当て、『センスいいわね』と褒められると、あっという間に打ち解けた。

『私のことはただのお節介おばさんだと思っていいわよ』と謙遜《けんそん》していた向田は、隣にいるだけで圧倒的な安心感だった。

「助っ人をお願いしてくれたのは、神宮寺さんですよね？」

真人は答えなかった。

「向田さんがいなければ、あんなにスムーズに話が進まなかったと思います。ありがとうございました」

向田は、矢継ぎ早に質問をする亜子を導くように語りかけた。

『不安ですよねえ。わかります。手続き関係は、私にいつでも訊いてくれて大丈夫よ。ただ今は、今しかできないことについて、みんなで一緒に考えませんか？』

その言葉によって、話し合いの主題は多美子の最期をどう迎えるのかに絞られた。

お膳立《ぜんだ》てをした向田は、凪沙に目配せをした。そのおかげで、自然な流れで、凪沙はランドセルのことを伝えることができた。

「ランドセルは、翔平くんの希望がようやく決まり、先日予約をしたばかりだそうです。届くまで数ヶ月かかるようなのですが、向田さんが、自分に任せて欲しいとおっしゃってくれて」

「室長ならなんとかしてくれると思います」

真人が、端的に言った。

「急変時の対応はどうなりましたか？」

最後に、急変したときにどこまで医療行為をするのかについて話し合った。その説明は凪沙が請け合った。

挿管して人工呼吸器に繋《つな》げたら、家族の希望があっても基本的には外すことができないこと。心臓マッサージは一時的に心拍が戻る可能性もあるが、救命したとしても予後は変わりないこと。すでに骨も弱っているので、マッサージ中に肋骨《ろっこつ》が折れてしまうリスクがあることなど。これらは全て関口の受け売りだ。

その説明を聞いた亜子は、多美子の急変の際には一切の治療行為を希望しないと言った。

「でもそのとき、武田さんとの会話を思い出したんです」

静かな場所で逝きたくない。

それを亜子に伝えたところ、家族が到着するまでは心臓マッサージをして欲しいと、希望を変えた。凪沙のたった一言で、方針が変わったのだ。その瞬間に、肩に大きな責任がのしかかった気がした。

「私の判断は、正しかったのでしょうか？」

先日も、多美子に安易に個室を勧めてしまったことを思い出す。よかれと思ったことが、真逆の結果を生む可能性だってあるのだ。

「それを決めるのは、ご家族です」

それだけ言うと、真人が空になった缶を捨てた。

「とりあえずは、無事に説明を終えることができてなによりです」

「はい。なんとか……ですが」

「いかがでしたか？」

余命宣告は、想像していたよりあっさりと終わった。

しかし……。

「私はほとんどなにもしていません。武田さんの心配りにまた助けられてしまいましたし、ご家族や向田さん……それに、神宮寺さんにも助力を頂きました」

全てをお膳立てしてもらった病状説明だった。

亜里佐と凪沙は、ただ余命を伝える役目を担っただけだ。

「研修医とはいえ、周りに迷惑をかけてばかりで……。しまいには患者さんにも気を遣ってもらっている。本当にこれでいいんでしょうか？」

行動には常に責任が伴う。しかし現状、実力もないのに足掻《あが》いて、患者に迷惑をかけるばかりではないだろうか？

病院エントランスに視線を落とす。今後も医者として生きていくのであれば、この人たちと関わっていかねばならない。患者と関われば関わるほど、責任が積み重なっていく。

「今のままじゃ、明らかに力不足だと思います」

「それでいいんじゃないでしょうか」

迷いを吹き飛ばすような、真人の真っ直ぐな声が響いた。

歩み寄ってきた真人が、凪沙の隣に立った。

「私は、日々数えきれないほどのクレームと向き合っております」

その視線は、エントランスの多数の患者に向いている。

「しかし完璧《かんぺき》に対応できたと思ったことは、一件もありません」

「神宮寺さんほどの人でも……ですか？」

「もちろんです。日々迷いながら、常に手探りの毎日です」

真人の言葉からは、一切の謙遜《けんそん》も感じられなかった。

「綾瀬先生。企業を成長させる糧ってなんだと思いますか？」

真人が、患者の列を見ながら訊《き》いてきた。

成長の糧……。潤沢な資金、アイディア、人材の育成、色々と頭に浮かんだが、真人の意図とは違う気がする。

「クレームです」

真人が、はっきりと言った。

「クレームが、成長の糧ですか？」

「はい。クレームとは本来、自身に足りないことを気づかせてくれる貴重な意見なのです。それを真摯《しんし》に受け止め、改善することにより企業が成長するのです」

つまるところクレームとは、ただの言いがかりではなく、自身の至らぬところを映し出す鏡だということだ。

薫の件、大部屋騒動、それに多美子の余命宣告。最近の経験から、その言葉の意味を実感する。クレームに対応した先に見えてくる気づきは、確実にあるのだ。

「もう一つ、面白いデータがあります。グッドマンの法則と呼ばれるものですが、ご存じですか？」

「いいえ」

「クレームに真摯に対応されたと感じた方の実に八割が、同じ商品を再購入すると言われています。つまり、クレームは顧客獲得のチャンスでもあるのです」

言われて頭によぎったのは、田代の顔だった。

「そういえば、田代は、凪沙を見かけると必ず挨拶《あいさつ》してくれるようになりました」

田代さんはあの件からとてもよく声をかけてくれるようになった。それだけでなく、採血台が廊下の中央に置いてあって危ないとか、風呂場《ふろば》の前の床が濡《ぬ》れていたなど、医療事故に繋がりそうな気づきを、その都度凪沙に伝えてくれるようになったのだ。

田代の表情は、見違えるように明るくなった。それに、治療にも前向きに取り組んでいることが、看護記録にも記載されている。

真人が頷《うなず》いた。

「企業と顧客の関係は一方的なものではなく、本来、双方向であるべきなのです。互いに意見を出し合うことで、よりよい結果に繋がる。患者さまと医師も、本質は同じだと思っております」

対話をおろそかにするな、ということだ。

そうなると思い出されるのが、薫の件だ。技術の至らなさを隠すために、充分な対話を試みなかった。

他にやりようがあったはずだ。検査前も、検査中も、その後だって、チャンスはいくらでもあった。どこかできちんと話せていれば、違った結果になっていたかもしれない。

叶《かな》うなら、今すぐあの日に戻ってやり直したい。

そう願ったとき、視界に鮮やかなオリーブグリーンが映った。

「あっ」

思わず声を上げてしまった。

特徴的な髪色を見間違うはずもない。

「鈴木さん……」

真人が反応する。

「今日はたしか、田崎部長の外来受診日ですね。鬼頭さまは付き添われていないようです」

心臓がバクバクと音を打ち鳴らした。あのときのような、不安と恐怖の感情ではない。

今すぐ会いたい。会って話をしたい……。

あの日、薫の不安に寄り添えなかったことを謝りたい。叶うのなら、今すぐにでも話をしたい。薫の辛《つら》さに共感したい。

「鈴木さんに会えませんか？」

視線の先に薫を捉《とら》えながら、真人に訊いてみる。薫から、ひと時も目を逸《そ》らすことができなかった。

「係争に発展する可能性もあるため、本来、当人同士の接触は好ましいとは言えません」

真人との約束だ。謝罪の場は必ず用意するから、それまでは直接会うのを控えるように、と。

会計を終えた薫が、病院の出入り口に向かう。心臓が、さらに大きな音を立てて拍動した。もうすぐ薫は、病院を出てしまう。

「どうしても駄目ですか？　十分、いや五分だけでもいいんです」

この機会を逃せば、薫と面と向かって話すことができるのは、いつになるかわからない謝罪の場になる。

その前に薫に会いたい。わずかでもいい。彼女の心に触れてみたいのだ。

薫が病院を出ようとしている。自動ドアまでもうわずかだ。

「一つ、条件があります」

真人の静かな声が響いた。

「行くなら、白衣を脱いで下さい」

「え？」

「従業員規程第三十条、秘密保持についての規定。当該職員は守秘義務を遵守し、院内で得た情報は、院外のいかなる人物に対しても漏洩《ろうえい》を禁止するものとする」

　真人は、淡々とそう言った。

「私の言っていることの意味がわかりますか？」

「病状に関することを話さなければ会ってもよいってことですか？」

　言いながら、凪沙は身震いした。

「特別です。なにかあったら、私が共に責任を取ります」

　その言葉を聞いた瞬間、凪沙は白衣を脱いだ。

「ありがとうございます」

「白衣はそこに置いて下さって結構です、あとで研修医室に届けておきます」

「行ってきます！」

　凪沙は、一目散に駆け出した。

　手すりのガラスから薫が見える。もう病院を出ようとしている。その姿を、凪沙は必死に追いかけた。

　階段を駆け下りてエントランスに飛び出る。受付に並ぶ人をすり抜けながら、出入り口の自動扉へと走った。

　自動扉の前に立つ。センサーが反応して扉が開くまでの時間が、永遠のように感じる。ようやく開いたガラス戸から、熱を帯びた外気が注ぎ込み、茹《ゆ》だるような暑さが体にまとわりついた。

熱気を切り裂くように駆け出す。

視線の先に、横断歩道を歩く小さな背中が見えた。ゆるいボブに、鮮やかなオリーブグリーンが揺れている。……薫だ！

まもなく、信号が赤に変わろうとしている。このままでは間に合わない。

「鈴木薫さんっ！」

凪沙は思い切り叫んだ。

しかし、名前を呼んでから気づく。薫とはおよそ一ヶ月前の救急外来でしか顔を合わせていない。あのときの薫はパニック状態だったし、凪沙はいま、白衣すら着ていない。

突然名前を呼ばれても、認識すらされないかもしれない。

しかし薫は、少しだけ驚いたような表情を見せたあと、まるで気心が知れた友人に会ったかのように左腕を挙げた。

病院から程近いカフェテリアに場所を移した。周囲の木々が太陽の光を遮り、いくらか涼しさを感じる。

互いに購入したフラペチーノを手に、テラス席に座った。

目の前に薫がいる。シャープな顔立ちに、緩いウェーブがかったボブは、ブラウンから鮮やかなオリーブグリーンに変わる。間違いなく、あの日凪沙が対応した救急患者が座っている。

あれだけ望んだ薫との対面。しかし、いざこうして向き合うと、何を話していいのかわからない。

体調はどうなのか。あの日の対応に疑問を感じているのか。問題が解決してもいないのに、当事者が会いにきていいものなのか。そもそも、薫は凪沙の顔を見たくもないのではないか。

様々な思いが駆け巡るが、喉《のど》になにかがつかえているかのように言葉が出てこない。沈黙が続く。夏の暑さにあてられたフラペチーノの容器が、すっかり大量の汗をかいていた。

「自己紹介でもする？」

突然、薫がそう言った。

透き通った低い声は、モニター越しに聞いたよりも随分と柔らかい印象だった。

「じゃあ私からね。私は鈴木薫、美容師をやってる。歳は非公表……って、全部知ってんだっけ？　病院って個人情報ダダ漏れだもんね」

美容師だけあって、人と話すのに慣れているような口調だ。

「じゃあ今度は、そっちの番ね」と言われて、凪沙は慌てて口を開いた。

「綾瀬凪沙、年齢は二十五歳です。今年の四月から聖海病院に勤めている研修医です」

薫がまっすぐな視線を送っている。視線のやりどころに困っていると、やがて薫が堪《こら》えきれないといった様子で吹き出した。

「お互い名前くらい知ってるって話だよね。でも、大した会話もしてないのに、こっちは腕に針刺されて、血まで取られてるんだから、変な関係よね」

屈託のない笑顔の薫は、救急外来で見た時の印象とは違う。

笑い疲れた薫が、フラペチーノを手に取った。

使っているのは左手だ。

凪沙は、思わずその手を凝視した。容器を持ち上げるのは問題なさそうだ。しかし、わずかに手が震えたような気がした。

「ちょっと綾瀬先生、さすがに手を見すぎよ。診察されてるみたいで緊張するわ」

たしなめられて、慌てて視線を外す。

「ごめんなさい」

薫が凪沙の目の前で、左手を開閉させた。

「田崎先生からね、なるべく左手を使うように言われてるの。リハビリってやつ？

まだ違和感はあるけど、そのうち治るような気がしてる。先生の見立てはどうかしら？」

細くて長い指だった。しかし皮膚は荒れていて、ハンドクリームが幾重にも塗られているようだ。大量の水と薬剤を使う美容師の手だ。

きっと、大変な思いをして美容師を続けてきたのだろう。こんな状況になって、初めてそんなことに気づく。

凪沙は首を振った。

「すみません。実は、病状に関する話はできないんです。その条件で、私は鈴木さんに会ってもよいことになったので」

薫が再び笑った。

「そっかそっか。私たち、まだ揉《も》めてるんだっけ。もう話し合いには顔を出してないから、つい忘れちゃうのよね」

ジメジメとした空気を吹き飛ばすような笑い声は、人を引きつける魅力に溢《あふ》れていた。

「じゃあさ、友達として話そっか。それならいいでしょ」

あまりにフランクに言われて、戸惑う。

「え……っと……」

「やだっ。あんまり構えなくていいわよ。気軽に話を聞いてもらえればいいから」

病院に視線をやった薫が、ため息をついて眉《まゆ》を下げた。

「病院って好きじゃないの。おしゃれに気を遣ってる人が皆無だし、みんな表情が暗いし……って、私も暗い顔してる一人なんだけど。とにかく、受診する日ってどうしても億劫《おっくう》なのよ。だから病院を出た後って、誰かと無性に話したくなるの」

病院で見かける薫の表情は、いつも陰っていたのを思い出した。薫は、こんなにも表情が豊かな人だったのだと、今更ながら思う。

「それじゃあ、私の話を聞いてくれる？」

「もちろんです」

フラペチーノを一口含んでから、薫が話し始めた。

「私ね、美容師になって、自分のお店を持つのが子供の頃からの夢だったの。専門学校を出て、十八で免許取って、東京の大手の美容室のアシスタントからスタートして、ずっと腕を磨いてきたの」

薫の話に、心がチクリと痛んだ。

「若い頃からね、将来店を持つなら、どんな風にしようかなってずっと考えてたの。緑が好きだから、ナチュラル系の内装がいいかなって思ってるんだけど、どう？」

「いっ……いいと思います」

「あとさ、席の配置にも気をつかうのよ。美容室って、他のお客さんと顔を合わせるのが嫌じゃない？」

嬉々《きき》とした薫の表情は、凪沙に返答を促している。

「たしかに、特に私は社交的ではないので」

「そうなんだ。お医者さんやってるのに社交的じゃないって、結構大変じゃない？」

「色々と努力をしている最中です」

薫が声を上げて笑った。

「お医者さんも大変ね。まあとにかく、いろんな理想があるの。もちろん予算との兼ね合いもあるから悩みっぱなしだけど、やっと夢に手が届きそうだったから、毎日が楽しいよ」

薫の言葉は止まらなかった。

しかし、その夢を聞くほど罪悪感が大きくなる。薫が友好的に話してくれればくれるほど、心が締め付けられた。

「店の名前も決めてるのよ。L'arôme」

「ラ・ローム。どんな意味ですか？」

「フランス語で、香りって意味。自分の名前をもじってるのよ。可愛いでしょ」

「まあ、フランス語なんてそれ以外知らないんだけどね」と言って、薫は笑った。

夢を語る薫の表情は輝いている。しかし、あの日に見せた恐怖に震えた顔も、間違いなく彼女だ。

申し訳なかった。しかし、ここで謝罪することはできない。

「素敵なお店になりそうですね」

なんとなしに言った言葉にも、薫が笑顔を返してくれた。

「本当？　そう言ってくれると嬉《うれ》しいな」

「でも私は、鈴木さんの夢を壊すような真似をしちゃって……」

そこで言葉が詰まってしまった。申し訳なさとやるせなさが押し寄せる。もどかしい気持ちで、心が潰《つぶ》れそうになった。

気づけば、薫の顔を直視できなかった。

「どうしたの？　綾瀬先生」

「あの……、私はどうすればいいですか？」

ポツリとそんな言葉が飛び出してしまった。薫に対して、償いたい。償わなければならない。

「ちょっと、そんな暗い顔しないでよ……って、そっか」

なにやら薫が、慌てた様子で手を振った。

「ごめんごめん。嫌味を言ってるわけじゃないのよ。そんな風に取らないで」

「え？」

顔を上げると、薫が左腕をグイッと曲げてウィンクした。

「これくらいのアクシデントで、独立を諦《あきら》めるつもりはないわって言いたかったのよ」

人差し指が、凪沙の鼻先に向けられた。

「あなたに」

薫に励まされている。

そのことを理解するのに、大分時間がかかってしまった。薫の夢に水を差すようなことをしてしまったのは、自分に他ならないのだから。

「……なんで私なんかを？」

「だって、あなただっていま、辛《つら》いでしょう？」

薫は、一点の曇りもない瞳《ひとみ》で凪沙を見つめていた。

「病院で何度も見てるよ。綾瀬先生のこと」

「えっ」

「ほら私、職業柄、人の顔を覚えるの得意だからさ。……といっても、綾瀬先生を見つけるのは簡単なのよ。いっつも同じ格好で、病院中を駆け回ってるから」

薫の人差し指が、凪沙の頭から胸元までをなぞった。

「髪は伸ばしっぱなしで雑に纏《まと》めただけ、化粧もほぼスッピン。服装は毎日真っ白なブラウスに黒いパンツ、その上からガシャガシャ重そうな白衣を着て、いっつも必死な顔で病院中を走ってる。どれだけ忙しいんだろうって、見るたび感心するわ」

薫に洒落《しゃれ》っ気のなさを指摘され、思わず赤面する。そんな凪沙に、薫は優しい眼差《まなざ》しを向けた。

「真面目な人なんだろうなって思う。だから、そんな先生がわざと採血を失敗したなんて私は思わないわ」

不意に言われて、目頭が熱くなった。

「そんな風に言ってもらえる資格、私にはないんです」

「綾瀬先生を見てると、新人の頃を思い出すんだ」

そう言って、遠くを見るように目を細めた。

「まあ、お医者さんの仕事とは、キツさも責任も全然違うかもしれないけどさ……。私も新人の頃は必死だった。朝早く来て雑用やって、へとへとになるまで働いて、日が暮れてもカットの練習をして。それでも、散々ポカやらかしてお客さんから一杯怒られたの」

職種は違えど、凪沙と同じような生活だ。それを思うと、途端に親近感が湧いた。

「でも、そんな私のことをお客さんは見捨てないでくれたの。その積み重ねがあったからこそ、ようやく夢に手が届きそうなところまで来てるのよ」

薫の顔は輝いていた。

「私は、この仕事が好きなの。これくらいのことで辞めようなんてこれっぽっちも思ってない。少しくらいの苦労があっても、もっと実力をつけて、この世界でやっていきたいって思ってるの」

その言葉は、すっかり熱を帯びている。

薫が再び凪沙の鼻先に指を突きつけた。

「あなたはどうなの？　仕事は好き？」

どこか挑発するように薫が言った。

「私も好きです！」

薫の熱意に触発されるように、凪沙は声を上げた。

「まだ全然力が足りないけど、ずっと努力して、この先も医者をやっていきたいです」

言いながら、昔の自分を思いだした。しばらく忘れていた、あの頃の熱い気持ちに久しぶりに触れた気がした。

薫が、表情を和らげた。

「その言葉が聞けてよかったよ。じゃあ、そろそろ行くね」

そう言って、凪沙の耳元に顔を寄せた。

「多分、もうすぐ話し合いは終わるよ」

不意に囁《ささや》かれて、体が固まった。

「納得いかずにまだ粘ってるのは、達也《たつや》なの」

達也と言われてもピンとこない。

「鬼頭達也。ゴリラみたいな私のツレよ」

「ああっ」と、思わず声を上げてしまった。

「少しでも見舞い金をもらおうって、要求し続けているのよ」

「神宮寺さんにですか？」

「そう。どれだけ頑張って押しても引いても、神宮寺さんはビタ一文出してくれないよって言ってるんだけどね」

思わず「そうですね」と言いそうになってしまった。

「まあ、あいつもあいつなりに責任を感じてるんだよね」と、薫はボヤいた。

「とにかく、達也を納得させられたら、この件は終わりだよ」

どこか他人事《ひとごと》のように、薫は言った。

薫が自ら鬼頭を説得することはしない。最後は凪沙自身がどうにかしなさい。そう言っているように感じた。

「わかりました」

その言葉を聞いた薫が、大きく頷《うなず》いた。

「あっ、そうだ。これあげる」

手渡されたのは、ベッコウ柄のバレッタだ。

「えっ……でもっ」

「その髪、綺麗《きれい》にまとめるくらいした方がいいよ。せっかく美人なのにもったいない。ちょうどいいのがあったからあげるわ」

「あ、ありがとうございます」

じゃあねと言って、薫は去っていった。

凪沙は頭を下げて、その背中を見送った。

バレッタを握り締める。薫の髪型は顎《あご》までのボブだ。バレッタを使うことはないはずだ。

これは、薫からのエールのように思えた。

最終章　進むべき道

八月の終わり。四ヶ月目にして初めて、亜里佐が自宅にやってきた。

「ごめんね、狭い部屋で」

六畳のワンルームに亜里佐を招き入れる。

「気を遣わないで。ここって、看護師寮だっけ?」

「そう、医者は私しか入寮してないけど」

研修医療完備と説明された福利厚生施設とは、病院の目の前に建つ看護師寮のことだった。築三十年、簡素な部屋はただ寝に帰る部屋という表現がぴったりだ。

亜里佐が、部屋の真ん中のローテーブルの前に腰を下ろした。

「とりあえず乾杯しよっか」

コンビニで買ってきたノンアルコールビールの缶を開ける。缶をコツンと当てて、互いにビールを口に流し込んだ。

ぬるい炭酸と苦味に、爽快感《そうかいかん》はなかった。

亜里佐を見ると、表情がどんよりと曇っている。目が合うと、「まずいね」と、ポツリと呟《つぶや》いた。

多分その言葉は、アルコール風の疑似的な味わいに対してでも、冷たさを失った液体の不快感に対してでもない。

「やっぱ憂鬱《ゆううつ》だよね」、と話す亜里佐の声は沈んでいた。

同期と二人きりで顔を合わせているにもかかわらず、盛り上がる兆しすらない理由は明らかだった。

多美子は、いつ急変してもおかしくない状況が続いている。それが、二人の間に陰《いん》鬱《うつ》な空気をかもしていた。

「亡くなりそうな患者さんがいる病棟の雰囲気って、独特だよね」

その指摘どおり、病棟には一種独特な空気が漂っている。

看護師たちの仕事ぶりは普段どおりだ。多美子の話題が、まるで示し合わせたかのように出てこない以外は。

けれども、スタッフたちの陰った視線の奥に多美子の影が常にチラついている。皆、多美子が近い未来に亡くなることを意識しているのだ。自分がその場面に立ち会うかもしれない。そんな緊張感に、誰しもが晒《さら》されている。

その結果、病棟全体にどんよりと雲がかかっているような、なんともいえない憂鬱さが空間を支配していた。

亜里佐が深いため息をついた。

「やっぱり、私のガラじゃないよ。こういうの耐えられない」

ここ数日、亜里佐の行動はおかしい。肌ケアはおろそかになっているし、仕事が終わった後も帰宅しない。午後八時以降の研修医室は凪沙の個室状態だったのに、ここ数日は常に亜里佐がいる。白衣すら脱がずに、ただ座っている。合理主義者の亜里佐が、無意味に時間を浪費する姿など初めて見る光景だった。

ついにその状況に耐えきれなくなった亜里佐が、「ノンアルでもいいから、パアッとやりたい」と言い出して、今に至る。

「あんまりストレス発散にもならなかったわね」

「武田さんの最期を見届けるまでは……しょうがないよ」

自らの言葉に心が重くなる。人を看取《みと》るというのは、それほどまでに大変なことなのだ。

「ありがとう」と亜里佐が呟いて、ノンアルコールを呷《あお》った。

「やっぱり一人じゃ抱えきれなかったわ」

人の死が苦手と言っていた亜里佐は、それでも毎日多美子の部屋に顔を出している。

「私こそ、りさちんがいてくれてよかったよ」

「凪っちはさ、これからもずっと、こうやって亡くなりそうな患者さんの心に寄り添っていくの？」

私には無理。と、亜里佐の瞳《ひとみ》が言っている。

「わっ……私はっ」

言葉に詰まる。

『患者の心に寄り添う医者になる』

あの日、キラキラした気持ちで高らかに宣言した言葉は、一体どれほど大変なことなのか、今更ながらわかった。

でも……。

「やるよ。そういう医者になりたいんだもん」

「凄《すご》いね。応援するよ」

小さく笑った亜里佐が、二本目の缶を開けた。

「まあ、やるしかないんだよね。……私たちが」

不安と決意が入り混じった瞳が向けられる。

「そうだね」と凪沙は小さく答えた。

結局その夜は、特に盛り上がる話もないまま時間を潰《つぶ》し、「帰りたくない」と言う亜里佐と一緒に、シングルベッドで夜を過ごした。

不思議なことに、憂鬱の根源は間違いなく病院なのだが、気が晴れる瞬間があるのもまた、病院なのである。

最近凪沙は、これまで以上に患者に声をかけるようになっていた。するとその分、患者から声が返って来る。それが重くなった心を少しだけ軽くしてくれる。

この日も、病棟の回診をしていると、共用スペースでくつろいでいた田代が声をかけてきた。

「よう、綾瀬先生。顔色が悪いんじゃねえか？　ちゃんと飯食ってるのか？」

「いえ、大丈夫ですよ」

「若いうちに食えるもんを食っておいた方がいいぞ。糖尿病になったら好きなもんて食わしてもらえねえからな」

糖尿病の田代にしか言えないような、シュールなギャグである。

あの件から田代は、随分と明るくなった。それに、時折チェックするカルテでも、担当医の指導にもきちんと従っているのがわかる。

しかし……

「シャント手術の経過は如何《いかが》ですか？」

そう尋ねると、田代が左腕の袖《そで》をグイッと捲《まく》った。前腕部には隆々とした血管が浮き出ている。

「このとおり順調さ。太い針も余裕でぶっさせる血管になったよ」

これまでの不摂生が祟《たた》り、田代は今回の入院中に人工透析を導入することになった。

シャントとは、人工透析をする際に利用する、動脈と静脈を人工的につなげ合わせた太い血管だ。ここに太い針を刺し、数時間かけて腎臓《じんぞう》の代わりに血液を綺麗《きれい》にする。

そんな生活が今後一生続く。

「人工透析、お辛《つら》いと思いますが、頑張ってくださいね」

田代が、はにかむように笑った。

「大丈夫だよ。まあ自分で蒔《ま》いた種だしな。もう、こうするしかないんだから、腹を括《くく》るしかねえだろう」

田代の表情が、少し陰った。

「なあ先生。俺になんかあったときは、ここに運び込まれるんだろう？」

田代は、それ以上の言葉を避けた。

人工透析は命を繋《つな》ぐ治療ではあるが、万能なものでもない。糖尿病そのものの全身障害や、人工透析に伴う合併症も多く、透析を導入したとしても、五年後には四割がこの世を去る。

田代は、その説明を受けているはずだ。

「そうなると思います」

「そうか」と呟いた田代が、真面目な表情を見せた。

「俺の最期の時には、先生も見舞いに来てくれよ」

およそ冗談とは思えない物言いに、言葉が詰まった。

田代もまた、自身の余命を理解している人間なのだ。

「先生のことは信用してるからさ」

懇願するような表情に、胸が締め付けられた。

「もちろんです。……約束します」

自らの言葉で、また心が重くなったのを自覚する。

田代が頭に手をやって笑った。

「すまねえな。挨拶《あいさつ》みたいなもんだから、気にしないでくれよ」

「いえ、そんな……」

「しけた話は終わりにして、そういえば先生は、花火は見に行かねえのか？」

一瞬考えてから、同じ話題を向田から振られたのを思い出した。

「ああ、週末のですか」

八月も終わろうとしている。今週末、近くでこぢんまりとした花火大会があるらしいのだ。

「その日は当直なんです。病院からは見えないみたいなので」

花火大会会場は、病院からは離れている。院内では、微《かす》かに音が聞こえる程度らしい。

田代が笑った。

「なんだよ、花火の日も仕事なのかい？　こんな日くらい休んで、ぱーっと気晴らしすりゃあいいのに」

その言葉に、首を振った。

「私はまだ研修医なので、そんな余裕なんてないんですよ」

「お医者さんってのも大変だな。まあ体調に気をつけてくれよな」

糖尿病末期の患者に、体調の心配をされるというのも、中々考えさせられるものがある。

礼を言おうとしたら院内携帯電話が鳴った。

関口からだった。今日は外来陪席ではないはずなのにと訝《いぶか》しんで電話を取った瞬間、耳元にがなり声が響いた。

『おい綾瀬。いますぐ外来に来い』

いかにも機嫌が悪そうな声だった。

「わかりました」

それだけ返して、田代に断りを入れる。

「すみません。他で呼ばれちゃって、失礼しますね」

「お医者さんってのは本当に忙しいんだな」

じゃあな、と手を振った田代を背に、凪沙は外来に向かった。


外来のオフィスチェアに座った関口は、早速声を荒らげた。

「あの件には首を突っ込むなと、あれほど言ったはずだぞ」

患者用の丸椅子に座った凪沙は、思わず首を引っ込めた。

多美子の病状説明のことが、田崎から伝わったのだろう。

よほど腹に据えかねているのだろう、凄《すご》い剣幕だ。しかし、こと多美子については、

「はい、そうですか」と引くわけにもいかなかった。

「でも、私にとって武田さんは、すでに深い関わりのある患者さんなんです。知らん顔をするなんてことはできなかったんです」

関口がため息をついた。

「着任挨拶のときに言ってた、患者に寄り添いたいってやつか」

「はい。私は、少しでも関わってきた患者さんからは目を逸《そ》らさずに、最後まで寄り添っていきたいんです」

少し前までは、その夢を諦《あきら》めかけていた。でも今は違う。患者相談室のおかげで、

進むべき道がうっすらと見えてきたのだ。

しかし関口は、頑《かたく》なに首を振った。

「理想はわかるが、現実的には無理なんだよ。この先の医者人生は長いんだぞ。わかってるのか？」

「わかっています」

「わかってねえよ。だから、関わった全ての患者なんて簡単に言えるんだよ。お前はこの先も、山ほど患者を診るんだぞ」

「ですから、わかってます」

関口の貧乏ゆすりが始まった。イラついているのだ。

「わかってないんだよ。老若男女、社会的背景も性格も病気の重症度だって全然違うような患者と、毎日顔を合わせていくんだ」

貧乏ゆすりが速くなる。

「そいつらの辛さや苦しみ、挙句の果てにはワガママまで、全部を背負い込むつもりか？　それがどれだけ大変なことなのか、お前にはわからないだろうってことを言ってるんだ」

凪沙は思わず口をつぐんだ。

まさに今、凪沙が抱えている不安を指摘されたからだ。

患者一人一人から託される望みは重い。患者と深く関わるほど、たった一言の約束がズシリと心に響く。いざ多美子が亡くなりそうな状況になり、その願いにきちんと応《こた》えられるのかと、不安に押しつぶされそうになっているのが現実だ。

そして、受け取る願いは、消化されることなく蓄積していく。

患者に寄り添う道を歩み続けたとき、果たして自分は、その重圧の蓄積に耐えられるだろうか？

考え込んでいると、真正面から関口の視線に射貫《いぬ》かれた。

「おまえ、どっかでパンクするぞ」

心臓に楔《くさび》を打ち込まれたような感覚を覚えた。

呪いをかけられたように、心臓がバクバクと悲鳴を上げる。

「いいか、よく聞けよ。俺は、おまえのことが憎くて言ってるんじゃないぞ」

なにも言えない。口をひらけば、心臓が飛び出そうな気がした。

「俺はこの目で見てきてるんだ。患者に寄り添いたい、親身になって希望を叶《かな》えたい。そんな理想を掲げて、身を粉《こ》にして働いてきた医者たちがパンクしちまう姿を。一人じゃない……、何人も、だ」

いつもの軽薄な言葉ではない。関口の本気が窺《うかが》えた。

「理想と現実が乖離《かいり》しちまうのが原因だ。医者側がどれだけ相手を思って自分を犠牲にしても、『患者さま』が納得しなかった途端、とんでもない敵意を剝《む》き出しにしてくるんだ」

鬼頭の野獣のような表情を思い出した。

「患者を信じてきた医者は、そこで燃え尽きちまうんだよ」

関口の目は、凪沙からひと時も離れない。

「ドロップアウトしても、他科でイチからやり直すならまだいい。中にはうつになって仕事を休む奴もいたし、医師免許を捨てちまう奴だっていた。家庭が壊れた奴もいるし、それに最悪……」

関口の顔が歪《ゆが》んだ。その先の言葉を語らなかったが、おそらく自死という結末を迎えた者もいたのだろう。

「いいか、綾瀬」、関口が、話を仕切り直すように言った。

「時代に合わせろよ」

「時代……とは？」

「もう、『お医者さま』の時代じゃないんだよ。俺たちは、いつ食い殺されてもおかしくない。患者を思って指導しても言うことなんて聞かないくせに、病状が悪化したら八つ当たりされるなんてのは序の口だし、治療のリスクを散々説明したにもかかわらず、いざ合併症が起こると、これでもかと医者を叩《たた》きにかかってくる。患者も家族も弁護士も、メディアも……世論だって一緒になってだ」

周囲全部が敵だと言わんばかりの物言いだ。

しかし、その言葉を聞いて、関口の『患者さま』理論の裏にある真意を、はじめて知った。『患者さま』を嘲笑《ちょうしょう》するような表現を続けてきた関口は、『患者さま』を恐れていたのだ。

だから自ら壁を作り、深く付き合うのを避ける道を選んだ。

関口の言い分もわかる。小さなボタンの掛け違いが、大きな軋轢《あつれき》を生むことは、この数週間でも嫌というほど経験したからだ。

しかし一方で、その言い分は全て正しいのだろうかとも思う。

対話の先に見える変化だってあるはずだ。

あの鬼頭だって、真人が冷静に話をした結果、怒りの矛を収めたじゃないか。あれだけ本心を語らない多美子ですら、何度も接しているうちに願いを託してくれた。それに田代はいまや、病院の味方かと思えるほど、良好な関係性を築けている。

それは、リスクを負ってまで行動した結果で得たものだ。

凪沙は、両拳《りょうこぶし》を握りしめて、震える声を上げた。

「でも、ちゃんと向き合えばわかってくれる人だっています」

「同じくらい、話が通じない奴らもいるんだよ」

勇気を出して放った反論は、即座に否定された。

「技術も経験もない医者が、理想論ばかり語るな。そんなんじゃ、理想の入り口に辿《たど》り着く前に、現実に叩きのめされるのがオチなんだよ」

関口の言葉に、頭を押さえつけられたような気分になる。

「実際にお前は、医者になってたった四ヶ月で訴訟リスクを抱えて、上から守って貰《もら》ってるじゃないか。そんなんで寄り添うだなんて言われても、それは所詮《しょせん》おままごとみたいなものなんだよ」

一ヶ月の努力が、ガラガラと音を立てて崩れていく。

迷った日々の中で、ようやく歩んでいきたいと思えた道が、また消えかけていく。

「患者さんに寄り添うことは、そんなに悪いことですか？」

出てきた声は、すっかり震えていた。

「医療技術は、患者を助けるためだけのものじゃない。自分の身を守るものでもあるんだよ」

駄々をこねる子供を諭すような言い方だった。

「まずは自分を守る技術を磨け。甘っちょろい理想を掲げるのは、いっぱしの技術を身につけてからにしろ」

でも、それでは駄目なのだ。寄り添うことを一度でも蔑《ないがし》ろにすれば、二度とその道に戻れなくなる。

納得のいかない表情だったのだろう。黙り込んだ凪沙を見て、関口が語気を荒らげた。

「俺は医者になって二十年だ。その俺が、今でも総合病院で仕事を続けていられるってことは、山ほどあったリスクを回避できた証《あかし》でもある。誰がなんと言おうと、それは医者としての大きな実績なんだ。俺のことを患者に寄り添おうとしない医者だとお前にどんなに言われようとも、俺は理想ばかり掲げて途中で脱落してった医者よりも、よっぽど沢山の患者の命を救ってるんだよ」

関口が、ずいっと上体を寄せた。

「患者相談室に通うのをやめろ」

その声は、あまりに冷たく心に響いた。

「あんな連中はな、患者の命に対して責任を持たなくていいから、甘っちょろい理想を掲げられるんだよ。いざ問題が起これば、矢面に立たされるのはいつでも俺たち医者なんだ」

そんなことはない。真人たちは必死に努力している。クレームがあれば、医者の知らないところで患者の前に立っているのは彼らだ。そしてその誠実な仕事ぶりのおかげで、訴訟に繋《つな》がる事例をいくつも未然に防いでいる。

それなのに、彼らは医者からは真っ当な評価をされていない。むしろ、存在すら認知されていないのだ。医者と違って、権限が限定されているために、歯がゆい思いだって何度もしている中で尽力しているにもかかわらず、だ。

本来は、互いに手を取り合ってチームになるべき存在なのに。

言い返したい。けれど、言い返せなかった。

関口の正義を跳ね返すだけの実力がないからだ。

もどかしさが心で膨らんだ時、頬に熱いものが伝った。

それを見た関口が、途端に動揺したような表情を見せた。

「なんだよっ。いきなり泣くなよ」

口を結んで、両拳をにぎりしめる。しかし、一粒涙が溢《あふ》れると、もう止めようがなかった。ボロボロと溢れ出た涙が、次々と頬を濡《ぬ》らす。

関口の舌打ちが聞こえた。

「それは卑怯《ひきょう》だろうっ。……これだから女はっ」

明らかに狼狽《ろうばい》した声だった。

頭を掻《か》きむしった関口が、吐き捨てるように言った。

「もういいっ！　さっさといけよ」

なにか言い返せばよかったかもしれない。

しかし、たとえ口を開いても嗚咽《おえつ》しか出てこない。凪沙は踵《きびす》を返して、外来室から駆け出した。

院内はまだ、多数の患者でごった返していた。

白衣の袖《そで》で涙を拭《ぬぐ》う。泣き顔を見られないよう顔をうつむけながら、人の波を駆け抜ける。

罵倒《ばとう》されて、感情が昂《たかぶ》った。

怒りではない。

悔しかったのだ。

実力のない医者が、患者や相談室をいくら擁護しようとも、相手は納得しない。患者に寄り添うには……寄り添う気持ちに説得力を持たせるためには、実力も伴わなくてはならないのだ。

なにもできない自分が嫌になる。

一刻も早く、未熟な自分の殻を突き破りたい。

一心不乱に走って向かったのは、あの日薫を見かけた、病院エントランスを見下ろす二階の休憩スペースだった。

患者たちを横目にみながらソファーに向かうと、先客がいた。

真人だ。

ようやく止まりそうだった涙は、いつもと変わらないスーツ姿を見て、再び溢れ出た。

一瞬だけ驚いた表情を見せた真人は、静かにソファーを立った。

「外しましょうか？」

小さく首を振って答える。

「話を聞いて欲しいんです。ちゃんと話せるか微妙ですが」

掠《かす》れ声で言うと、真人が頷《うなず》いた。

「どうぞ」


ソファーに並んで座り、真人に事情を説明した。

涙が溢れそうになるのを堪《こら》えながら気持ちを吐露する。全て話し終える頃には、買ってもらったしるこドリンクがすっかりぬるくなっていた。

長くて要領を得ない凪沙の話を、真人は一瞬たりとも傾聴の姿勢を崩さず、真摯《しんし》に聞いてくれた。

心を曝《さら》け出し、ただそれを聞いてもらう。当たり前のようなその時間が、どれほど素晴らしいものなのかを改めて実感する。

全て聞き終えると、真人が穏やかに口を開いた。

「お気持ちはよくわかります」

たったそれだけの言葉に、重苦しかった心がスッと軽くなる。

「我々の部署と研修医の履修を、どのようにバランスをとっていくのかについては、いつか話し合わなければならないと思っていました。大原則として、綾瀬先生が学ばなくてはならないのはやはり、医師としてのお仕事なので」

真人の言葉は、いつでも本質をついてくる。

「わかっています。医者として一人立ちもできない私が何を言っても、実績のある人の考えを覆すなんてできない。だけど、やっぱり悔しかったんです」

関口が真人たちの仕事を真っ当に評価していないことが。それどころか、存在価値すら否定するような物言いには耐えられなかった。

「しかし、感情的に話を終えてしまったのはよくなかったですね」

耳元で落ち着いた声が響いた。

「交渉ごとは、涙で解決しようとするのは悪手ですよ」

その言葉が、初めて真人と会った日を思い出させた。

鬼頭と対峙《たいじ》する真人を映したモニターに釘付《くぎづ》けになった日。薫の苦痛に触れて、凪沙は涙を流した。

しかしそれを、田崎に窘《たしな》められたのだ。

「田崎先生も同じようなことをおっしゃっていました。泣いてはいけないって……。

それは、なぜですか？」

しるこを一口飲んだ真人が、静かに口を開いた。

「涙は、大きな武器になり得ますが、諸刃《もろは》の剣《つるぎ》でもあります」

「諸刃の……剣？」

「相手から共感を得ることができなければ、怒りの火に油を注いでしまうかもしれません。それに相手がプロだった場合、そこにつけ込まれてしまいます」

相手が純粋なクレーマーかどうかは、話してみないとわからない。それも、初日に教わったことだ。

「この先、綾瀬先生も様々な患者さまに接すると思います。誰しもが一筋縄でいくとは限りません。そのとき、昂った感情は冷静な判断の妨げになるかもしれません」

言っていることの本質は、関口と近いのかもしれない。

違うのは、その方法論だ。常に冷静に会話をする。それが真人の矜持《きょうじ》であり、自己防衛術なのだ。

「肝に銘じておきます」

真人が、穏やかに微笑んで頷いた。

端整な笑顔に見入っていると、スッと長い指が立った。

「もう一つ。実はこちらの方が、長い目で見ると大きな損失になるかもしれません」

「感情をあらわにすることで、相手が怒りの矛を収めるかもしれませんが、そこで話し合いが終わってしまうかもしれないのです」

「それって、話し合いが解決したってことじゃないんですか？」

真人が首を振った。

「少し違います。相手が心の扉を閉じてしまうのです。この人とは、話し合いができないと思われる。それはつまり、話し合いのルールが破綻《はたん》してしまったことに他なりません」

「損失？」

その言葉にハッとする。これも、初日に教わったことだ。

真人が鬼頭と対峙した場面では、真人が冷静に対応を続けたことで、双方の間に話し合いのルールが生まれた。そこからようやく、建設的な意見のやりとりが行なわれたのだ。

今回凪沙がやったことは、その逆の行為だということだ。

「話し合いの場を、自ら壊してしまうことはあってはなりません。そうなってしまっては、相手が二度と交渉のテーブルについてくれなくなってしまうかもしれないのです」

まさに凪沙を追い払った関口がそうだった。

「それは、成長のチャンスを逃すことになります。相手に何も期待しない人が、わざわざ話し合いを望むことはありませんので」

「関口先生が私に期待をしているって……、考えにくいです。単に実力もない私が相談室に没頭するのが、面白くなかっただけじゃないでしょうか？」

思案していると、真人が諭すように言った。

「ここだけの話ですが、関口先生は、綾瀬先生が来てから患者相談室に度々クレームを訴えているんですよ」

「えっ！」

初耳だ。ただでさえ忙しい真人たちに、関口が迷惑をかけているとはつゆほども知らなかった。

「すみませんっ。関口先生は、一体どんなクレームを？」

真人に罵詈雑言《ばりぞうごん》を浴びせているのかもしれない。

「対応しているのは田崎部長ですので、詳しいことは申し上げられません。ただおそらくは、先ほどの綾瀬先生との話し合いと似たような内容ではないでしょうか」

「田崎先生にまで」

そういえば関口は、薫の神経麻痺《まひ》の経過や、話し合いの内容についてかなり詳しかった。田崎が説明していたと思っていたが、実は関口が自ら話を聞きに行っていたのだ。田崎は、凪沙に余計な心配をかけまいと、気を遣って黙ってくれていたのだ。

「なんかすみません。色々ご迷惑をおかけしてしまって」

「いいえ。気にしないでください」

それだけ言うと、真人は黙り込んだ。

生まれた沈黙に、エントランスの患者たちの足音が割り込んでくる。なんとなしにそちらに視線を落とすと、真人の声が響いた。

「ありがとうございました」

突然の感謝の言葉に、状況を呑《の》み込めない。

顔を上げると、真人が真剣な表情で凪沙を見つめていた。

「神宮寺さん？」

「綾瀬先生は、私たちのことを思って、関口先生に声を上げて下さったんですよね」

「そうですけど」

「その気持ちが嬉《うれ》しかったです。私たちの仕事の意義を分かってくださるお医者さまがいると知れただけで、私は十分です」

お医者さまという言葉に、かつてのような冷たさは微塵《みじん》もない。しかしそれが、どうにも寂しく耳に響いた。

真人は、『お医者さま』に失望し、期待することを諦《あきら》めた人間なのだ。だからこそ、患者相談室の仕事の範囲を広げ、患者が不利益を被らないように奮闘している。

しかし、肝心の医者からは認知も評価もされていない。

真人たちの仕事を間近に見てきたからこそ、それが歯がゆい。

「辛《つら》くないですか？　この仕事」

言った後で、酷な質問だと気づく。

わずかに、真人が返答に詰まったように見えた。

「辛くないと言ったら、嘘になります。私たちの仕事は、評価の対象にはなりにくいので……。医療職の一端を担っているにもかかわらず、収入源の保険点数にも反映されませんし、頂く意見の大半は批判的なものです」

真人が、エントランスの無数の患者たちに視線を向けた。

「でも、やめようと思ったことはありません」

「なんで……そんなに？」

真人なら、どんな職業でも優秀な成績を収めるはずだ。違う職場なら、もっと評価されるべき人材に違いない。

「この仕事が、私の生きがいだからです」

迷いなく言い切ったその表情は美しく、凪沙は息を呑んだ。

なぜ、『お医者さま』と衝突し、失望してまでこの仕事を生きがいだと言い切れるのか？　訊《き》いてみたい気持ちもあったが、それを言葉にするのは、どこか憚《はばか》られた。

「綾瀬先生」

「……はい」

「今の気持ちを忘れないでください」

優しい言葉だった。しかし、どこか突き放されているような感覚も覚えた。

「綾瀬先生は、もう私たちの仕事を間近に見なくても大丈夫だと思います」

嫌な予感が的中する。

「どういうことですか？　私はまだ……」

学ぶべきことが沢山ある。そう言おうとしたが、真人の穏やかな笑みに言葉が出てこなかった。

「気持ちの持ち方ひとつなんです。確かに会話や交渉のテクニックもありますが、それは本質ではありません」

真人が、左胸にポンと手を当てた。

「気持ちなんです。職種は関係ない。それさえ忘れないでいてくれれば、あなたはどこへ行ってもやっていけるはずです」

子をそっと離す親鳥のような、優しい拒絶だった。

「鈴木さまの件は、近く謝罪の場を設けられると思います」

「神宮寺さん……、嫌です。私は……」

「それをもって患者相談室での研修は終わりにしましょう。もうあなたは、自分が進むべき道を自分で見つけられるでしょう。それになにより、医師としての仕事があるはずです」

穏やかだが、はっきりと言われて言葉を返せなかった。

「最後に、もう一つだけアドバイスを差し上げます」

凪沙は小さく頷《うなず》いた。

「病院での仕事は、いつでも迷いの中です。医師も看護師も、事務員も……患者さまも、みな等しく迷っています。そんな中で、潰《つぶ》れずに仕事を続けていくには、目の前の仕事に集中していくことしかありません」

真人が、改めて視線を合わせた。

「今、あなたがやるべきことはなんですか？」

脳裏に多美子の顔が浮かんだ。

「武田さんの最期を、しっかりとお看取《みと》りすることです」

真人が大きく頷いた。

「今日の続きは、その後で改めて話し合いをしましょう」

たとえ迷いの中にいようとも、多美子の死が近く訪れる。まずは、多美子の最期に全力で対応しなければならない。それが、関わった人間が果たすべき責任だ。

改めて目標が明確になった。

多美子に、満足のいく最期を迎えてもらう。

そのために、凪沙はこれまで以上に病院を走り回った。

時間を見つけては多美子の病室を訪れて語りかけた。患者相談室で、翔平のランドセルについて向田と調整を重ねた。さらに、連日のように自宅に泊まりにくるようになった亜里佐と、多美子が急変した際のシミュレーションを重ねた。

慌ただしい時間を過ごすうちに、あっという間に三日が経った。

八月二十七日、土曜日。

その日は不思議と、病棟を覆っていた暗然たる空気が薄まり、どこか晴れやかさすら感じさせるような一日だった。

数日ぶりに、雲一つない青空が広がっていたせいかもしれない。もしくはスタッフや患者たちが、夕暮れ時から始まる花火大会を話題にしていたのが理由かもしれない。

それとも、亜里佐と一緒に過ごしているうちに、妙な自信と高揚感が生まれたからかもしれない。

理由はどうであれ、そんな穏やかな一日の中で業務をこなした。

朝の回診の合間に田代と世間話をして、眠っている多美子の顔を見て一声掛ける。

それから、関口の外来陪席につき、外来終了後に病棟の回診をする。患者相談室に足を運び、忙しそうに働く面々と挨拶《あいさつ》を交わす。

あっという間に、夕方五時になった。これから当直業務だ。

救急外来に向かう。

足早に歩く中、遠くから心拍アラームの音が響いた。

立ち止まって周囲を見回すが、すぐに複数の足音にかき消される。ここは院内廊下で、患者の姿はない。空耳だったのだろうと思い、凪沙は再び救急外来に向かった。

外来に入ると、数人の看護師たちが慌ただしく動いていた。張り詰めた空気が、凪沙の頬をなでる。

近くの看護師に声をかける。

「当直の綾瀬です」

「あっ、先生、よかったです。ちょうどいま連絡しようと思っていたところで」

「どうしましたか?」

「心肺停止の患者さんが搬送されてきます。当院のかかりつけ患者で……、あと五分ほどで到着されると思います」

全身に緊張が走った。

「私も、ここで準備をします」

搬送されてくる患者のカルテを開き、状況を確認する。さらに到着後の治療について、頭の中で手順を確認する。

心肺停止の治療については、ここ数日、亜里佐と飽きるほどシミュレーションをしてきた。対応できるはずだ。

集中した心持ちのまま、救急車の到着を待っていると、また、遠くでアラームが鳴った気がした。

周りを見ても、やはり心拍モニターが装着された患者はいない。

また……空耳だ。しかし、妙な胸騒ぎがした。

不意に脳裏をよぎったのは、多美子の穏やかな笑顔だった。

嫌な予感がする。そう思った瞬間、白衣のポケットの携帯がけたたましい音を立てた。

電話先の相手は亜里佐だ。電話を取るやいなや、焦燥した声が響いた。

『凪っち！　武田さんが急変したの。心室細動起こしてるっ』

その声は震え、動揺を隠せていない。

「落ち着いてりさちん。ご家族は？」

『さっき呼んだばっかり。だから凪っち……、すぐに来て！』

心室細動は、すでに心停止の状況だ。可及的速やかに対応しないと、心拍が戻らなくなる。

しかし……

「ごめん。今、救急外来にも心肺停止の患者さんがくるの」

『えっ。ちょっと待ってよ』

亜里佐の悲痛な叫びに、胸が締め付けられる。

多美子が急変したときは凪沙も駆けつける。その約束で、亜里佐は余命宣告をしてくれた。だから、約束を反故《ほご》にするわけにはいかない。でも、搬送されてくる患者を無視することだってできない。

「なんとかするから、私が行くまで一人で対応して」

『一人でって……、無茶言わないでよ』

あまりに不安気な声が返ってくる。

しかし現状、対応できるのは亜里佐しかいないのだ。

「大丈夫。りさちんなら絶対に大丈夫。だって、一緒に武田さんの対応を勉強してたもん。私たちは、ここ何日間も、ずっと武田さんのことだけを考えてたじゃない。だから大丈夫だよ」

亜里佐を鼓舞するように。そして、自分にも言い聞かせるように、大丈夫と何度も繰り返す。

『凪っち……』

亜里佐の声が、少しだけ落ち着きを取り戻した。

「りさちんは、ハイポな医者なんかじゃない。真面目で、勉強熱心で、患者さん思いだってことは、私が知ってる」

亜里佐は優秀で信頼できる医者で、親友だ。その気持ちを、言葉にのせる。

「絶対に私も行くから、それまで武田さんをお願い」

少しの間をおいて、決意したように亜里佐が息を吐いた。

『わかったよ。でも、そっちが落ち着いたら、絶対に来てね。来てくれなかったら恨むからね』

「わかった。絶対に行くから」

ブツッと電話が切れた。

沈黙した携帯を見ながら、思考を巡らす。

ついにその時がやってきた。多美子は最期の時を迎えようとしている。絶対に立ち会わなければならない。それが多美子から託された願いだ。

そうなると、救急外来の対応を誰かに頼まねばならない。

頭に浮かんだ人間は、一人しかいなかった。

関口だ。まだ院内にいるかもわからない。でも、他に頼める医者もいない。

しかし、通話ボタンをプッシュしようとした手が止まる。

あの日涙を見せてから、関口とは微妙な関係が続いている。真人が指摘したとおり、関口は対話の扉を閉めた。外来陪席でも病棟でも、必要最低限の会話しかしていない。

そんな状態で、今更関口にヘルプなど頼めるだろうか？

遠くから、救急車のサイレンが響いてきた。

迷っている時間などない。凪沙は通話ボタンを押した。

緊張が走る。呼び出し音が鳴った瞬間、関口が電話に出た。

「もしもし。関口先生ですか？」

『なんだ？』

不機嫌そうな声が返ってきた。

「先日は感情的になってしまい、申し訳ありませんでした」

しかし、言葉は返ってこなかった。一瞬たじろぐが、凪沙は言葉を絞り出した。

「あのっ……、これから救急外来に心肺停止の患者が来られるのですが……」

多美子のことを説明すべきだろうか？

しかし、それを話してしまうと、ややこしくなるかもしれない。ほれ見たことかと、嘲笑《ちょうしょう》されるかもしれないし、協力などしてくれないかもしれない。

あれだけ関口から忠告されたのに、反発して自分に抱え切れない責任を背負い込んでしまったのは、自業自得なのだ。

「図々《ずうずう》しいお願いで恐縮ですが……」

やはり、多美子のことは言えない。

事情があると言って、救急対応だけ頼もう。そう思った瞬間、関口の声が響いた。

『お前が余命宣告をした患者、今、急変しているらしいな』

突然言われて驚愕《きょうがく》する。

『家族が来るまで、救命措置をする方針なんだよな』

凄《すご》むように言われて、凪沙は震える声を返した。

「はい。私がご家族に勧めた方針です」

『だったら、はやくその患者のところへ行け』

「えっ」

大きな舌打ちが返ってくる。

『救外の心肺停止は、俺が診ておいてやる。お前は今すぐ病棟に戻れっ。それがお前の責任だろう』

「……はいっ」

強い言葉で発破をかけられ、感情が昂《たかぶ》る。

「ありがとうございます」

ふんっ、と、不貞腐《ふてくさ》れたような声が返ってくる。

『いいか、綾瀬』

「はい」

『家族が来るまで命を繋《つな》げるならな、死ぬ気で心マをしろよ。肋骨《ろっこつ》がへし折れてもいい。家族が到着するその瞬間まで、なにがあっても心臓を押し続けろ』

関口の言葉に、覚悟が決まった。

「ありがとうございましたっ」

『さっさと行け』

電話を当てたまま、頭を下げる。

髪が乱れているのに気づき、バレッタを留め直す。バレッタの感触が、熱くなった心を少しだけ鎮めてくれた。

「よしっ」

心を奮い立たせてから、凪沙はその場を駆け出した。

特別個室に向かって走る。

頭の中では、多美子との思い出が駆け巡っていた。点滴を失敗してしまったときの優しい笑顔、大部屋での騒動を申し訳なさそうに詫《わ》びた顔、二人きりの病室で昔の話をしてくれたときのどこか楽しそうな表情……、どれもかけがえのない出来事だ。

「武田さんっ！」

特別個室の扉を開くと、けたたましいアラーム音が耳に届いた。三人の看護師たちが、多美子のベッドの周りを慌ただしく動いている。その中心には、目に涙を溜《た》めながら多美子の胸を押す亜里佐の姿があった。

「りさちんっ！」

凪沙の声に気づいた亜里佐の表情が、一瞬だけ緩んだ。その顔は汗だくで、パーマは激しく乱れている。

「ごめん、まだ心室細動のまま戻らないの」

「除細動《じょさいどう》はもうかけた？」

亜里佐が首を振る。

「準備だけで手一杯だった」

視線の先には、充電を終えた除細動器が用意されていた。

亜里佐は、たった一人で的確な指示を出し、蘇生《そせい》行為を行なっていたのだ。

「ご家族は？」

「花火大会の渋滞に巻き込まれてるって……。もうちょっと時間がかかると思う」

「心マ替わるね」

「お願いっ」

亜里佐と場所を入れ替わると、凪沙はすぐさま多美子の胸に両手を添えた。骨と皮だけの感触が、手に伝わってくる。多美子は口を開いたまま硬直しており、反応がない。

――武田さん。約束通り駆けつけました。ご家族が来るまで、もう少し頑張ってください。

心の中で話しかけ、凪沙は多美子の胸を押しこんだ。想像以上に深く胸が押し下がる。筋肉の抵抗は全くといっていいほど感じられず、肋骨だけが微《かす》かな力で元の場所に戻ろうとする。胸骨から手を離し、再び目一杯押し込んだ。骨が軋《きし》むような嫌な感覚に、力が鈍りそうになる。

しかし、やるしかないのだ。心臓マッサージを諦《あきら》めた瞬間、多美子に訪れるのは死だ。

「除細動の準備ができたよっ。一回離れて」

亜里佐が多美子の胸に電極パドルを当てた。実習以外で除細動器を使うのは初めてなのだ。亜里佐の手は震えている。

凪沙は、多美子の胸に見入った。

これから心臓に電流を流す。これで心拍が正常に戻らなければ、蘇生は難しい。

「いきますっ！」

力強い声で宣言すると、亜里佐はパドルのスイッチを押した。ドンッという音と共に、多美子の小さな胸が跳ね上がる。

凪沙は、心電図の波形を凝視した。

――戻れ！

しかし、再び描き出した心臓の波形は乱れていた。心室細動から回復していないのだ。

絶望が心を覆う。しかし止まるわけにはいかない。凪沙は再び多美子に駆け寄り、心臓マッサージを再開した。

「もう一回充電する。アドレナリンも入れるね」

亜里佐の声が響く。この数日、亜里佐と飽きるほど繰り返したシミュレーションは無駄ではなかった。意思疎通をとる必要もないほど、連係はスムーズだ。

あとは、多美子の鼓動が戻るかどうかだ。

胸を押しながら、凪沙は叫んだ。

「武田さんっ、頑張って！　翔平くんのランドセル姿を見るんでしょう！」

多美子に語りかける。語りかけることしかできない。

家族が到着するまで、絶対に諦めるわけにはいかないのだ。

そのとき、ポキリと骨が折れる音が両手に伝わってきた。あまりに悍《おぞ》ましい感触に、手が止まりそうになる。

その瞬間、関口の声が脳裏に蘇《よみがえ》った。

『肋骨がへし折れてもいい。家族が到着するその瞬間まで、なにがあっても心臓を押し続けろ』

その言葉に押されるように、凪沙は手に力を込めた。

「武田さんっ。頑張って！」

「……凪っち」

全力での心臓マッサージは、相当の労力だ。腕はパンパンになり、力がなくなりかけている。

けれどもやめない。一押し一押しに祈りを込めて、凪沙は多美子の心臓を押し込んだ。

「除細動、充電終わったよ！」

「お願いっ」

亜里佐が再び、多美子の胸に電極をあてる。

二度目の電気が流された。

多美子の体が跳ねる。目を背けたい光景だが、凪沙は多美子からひと時も目を離さず、心拍の再開を祈った。

電気ショック後の、平坦《へいたん》な波形を凝視する。

――お願い。……戻って。

そう願った瞬間、背後で勢いよく扉が開いた。

「ご家族、到着されたわよっ！」

部屋中に響き渡ったのは、向田の声だった。

走ってきたのだろう。息を切らしている。

向田の後ろには亜子の姿があった。その隣に、ランドセルを背負った翔平が立っている。

人気ブランドの藍色《あいいろ》のランドセルはピカピカで、幼稚園生が背負うにはやや大きいが、逆に一際存在感を放っている。

二人の格好が素敵だった。

亜子は白いブラウスに、落ち着いたベージュのジャケットとスカートのセットアップ。翔平は、グレーのジャケットにハーフパンツのフォーマルな格好だ。少し大きいのか、ハーフパンツは七分丈になっている。

季節外れのその格好は、入学式を思わせた。

二人に見入っていると、背後から微《かす》かな音が響いた。

か細いその音は、やがて一定のリズムを繰り返す。

一瞬、なんの音かわからなかった。

「心拍……、戻ったよ」

亜里佐の感極まったような声で、状況を呑《の》み込んだ。

「武田さんっ！」

振り向いた凪沙は、急いで多美子に駆け寄った。

まだ意識はない。血圧も検出限界くらいに低い。しかし、心臓は動いている。心拍モニターの波形がそれを告げていた。

目を覚まして欲しい。……一瞬だけでも。

「武田さんっ！　ご家族来られましたよっ」

声をかける。向かいの亜里佐も、震え声で呼びかけている。

向田が、亜子たちを多美子のもとに案内した。

「お二人も、声をかけてあげて下さい」

「……お祖母《ばあ》さんには、聴こえているんですか？」

気丈だが、不安が浮かんだ声だった。

「ええ。きっと聴こえてるわ」

「お祖母さんっ」

そのまま、堰《せき》を切ったように何度も声をかける。

「おおばあば」

母親のスーツの袖《そで》を摑《つか》みながら、翔平も必死に声を上げた。

鼓動が、僅《わず》かに速まった。

引き寄せられるように多美子の顔を見ると、瞼《まぶた》がピクリと動く。

「武田さんっ？」

その声に反応するように、多美子の瞼がゆっくりと開いた。

焦点の定まっていない瞳《ひとみ》が、ゆらゆらと彷徨《さまよ》っている。

その瞳が、亜子たちの姿をとらえた。

「立派になったねえ……」

小さな声だった。二人のどちらに対しての言葉なのかわからない。しかし二人とも、目に涙を浮かべながら多美子を見ている。

やがて、部屋には嗚咽《おえつ》が響くようになった。

その様子を、凪沙はじっと見つめていた。

多美子はたしかに、翔平のランドセル姿を目にすることができたのだ。

実は、発注したランドセルはまだ届いていない。これは、向田がスタッフたちを手当たり次第にあたり、同じものを購入した知人から、新品のランドセルを拝借させてもらったものだ。

だから、本人のものではない。しかし、間違いなく多美子は翔平のランドセル姿を見た。

三人の姿を目に焼き付ける。悲しいけれど、温かい光景だった。

不意に、多美子の瞳がゆっくりと凪沙に向けられた。

「ありがとう」

消え入りそうな声が、耳に響いた。

幻聴だろうか？　二人の嗚咽の方が、よほど大きいはずだ。

耳を澄ませる。しかしその瞬間に聴こえてきたのは、心拍モニターのアラーム音だった。

波形が不規則に波打っている。また心室細動を起こしたのだ。

「武田さんっ」

すぐに対応をしようとした凪沙の袖が、横から摑まれた。

亜子だった。

目が合うと、彼女は小さく首を振った。

「これ以上は……大丈夫です」

目を真っ赤に腫《は》らした亜子が、深々と頭を下げた。

「本当に、ありがとうございました」

多美子は、ついにその生涯を終えるのだ。彼女の言葉が、そのことを改めて実感させた。

多美子の心臓の動きが止まるまで、皆で多美子を囲んだ。厳かでもあり、悲しくもあり、穏やかとも言える時間だった。どれくらいの時間だったのかは定かではない。あっという間だったかもしれないし、想像よりも長かったのかもしれない。ついに心拍波形が平坦《へいたん》な線になったとき、亜子や看護師からの視線が、亜里佐に向けられた。

死亡確認は担当医の責務だ。亜里佐は、震える手で、声で、多美子の死亡確認をやり切った。

改めて亜子からお礼を言われた後、凪沙は、自分たちで多美子の体を綺麗《きれい》にしたい旨を申し出た。多美子の体には沢山の機械や管が繋《つな》がっている。そのほとんどが、凪沙と亜里佐が付けたものだ。それを外してあげるのもまた、自分たちがするべき仕事だと思った。

亜子は、その申し出を快諾してくれた。

三人きりになった特別個室で、亡くなった多美子と向き合う。

亜里佐は隣で、ずっと泣いていた。「人が亡くなるのって、こんなに辛《つら》いの」と、嗚咽混じりの声で言いながら、凪沙の白衣にしがみついていた。

多美子の安らかな顔を見て、思い出が脳裏に蘇《よみがえ》る。

与えられてばかりだった。多美子の優しさにどれだけ救われたかわからない。自分は、多美子になにか返せただろうか？

多美子の腕をとると、まだ温かかった。

細い腕を覆う袖を捲《まく》り上げると、無数の痣《あざ》が目に飛び込んできた。これは、凪沙が何度も刺した点滴の痕《あと》だ。

いつか多美子からかけられた、とびきり優しい言葉が蘇った。

『私の腕の点滴が難しいのなら、いくらでも練習して下さいな。それで貴方《あなた》が立派なお医者さまになってくれれば本望ですよ』

涙が溢《あふ》れてきた。

「すみません。泣いちゃいけないって言われてるんです……」

でも、今ならいいですかと、動かぬ多美子に語りかける。

死してなお、多美子は優しい願いを凪沙に託した。

立派な医者になります。何度もそれを誓った。

「気晴らしでもしませんか？」

泣き腫らした顔を見られたくなくて駆け込んだ二階の休憩スペースに当たり前のようにいた真人から、そんな誘いを受けた。

なぜいま？　と訊《き》きたい気持ちもあったが、ここ数日の憂鬱《ゆううつ》を晴らしたいような気もして、凪沙は真人の誘いに乗った。

「では、参りましょうか」。真人が背中を向けて歩き出す。

皺《しわ》一つないスーツの背中に、無心でついていった。

意外と広い背中が、左右に揺れる。

そういえば、はじめて会ったときにもこの背中を追いかけた。あのときは不安が大半を占めていたが、いまはこの背中が多美子の亡くなった心の穴を埋めてくれる気がした。

やがてたどり着いたのは、一号棟の最上階から続く暗い階段だった。病院の隅々を走り回っていた凪沙だが、こんな階段があることなど、つゆほども知らなかった。

「ここはなんですか？」

「屋上への入り口です。普段は施錠されているんです」

真人が、ポケットから取り出した鍵《かぎ》で重厚な扉を開いた。

「どうぞ」

誘われるまま、数段の階段を上ると、夕焼けが凪沙を迎え入れた。湿気を帯びた夏の空気が頬をなでる。いましがた人の命が失われたことなど忘れてしまいそうな、穏やかな空気だった。

緑のフェンスで囲われた屋上は、ひどく殺風景な場所だ。洒落《しゃれ》っ気のないタイル張りの床は、ところどころ剝《は》げていて年季を感じさせた。巨大な室外機が煩わしい音を立てている。病院の周囲にはビルが何棟も立ち並び、見通しはそれほどよくない。

「……こんなところがあったんですね。なぜここに？」

真人は、ビルの隙間から覗《のぞ》く夕焼けをじっと見つめていた。

「ここは、病院で唯一花火が見える、とっておきの場所なんです」

今日が花火大会だということを、すっかり忘れていた。

真人が、チラリと腕時計を覗き見た。

「あと十分ほどで、花火が上がりますね」

真人が振り向いた。夕日の逆光で、その表情は窺《うかが》い知れない。

「少し話したいことがあるのですが、聞いて頂けますか？」

いつもの業務連絡のような口調で、真人はそう言った。

「はい。なんでしょうか？」

なんとなく、こちらも固い口調になる。

「私は、お医者さまに失望していました。ご存じですよね？」

唐突な告白に驚く。しかしすぐに、向田から話を聞いているのだろうと理解する。

「知ってます。昔、終末期の患者さんへの対応について、『お医者さま』と大喧嘩《おおげんか》をしたって聞きました」

「そうですか」、と真人が静かに呟《つぶや》いた。

湿気を含んだ風が吹く。その後の言葉が途切れ、凪沙はなんとなしに沈黙を埋めた。

「冷静な神宮寺さんがそんなに怒るなんて、正直驚きました」

真人が、小さなため息をついた。

「怒りを覚えるというのは、期待をしていたことの裏返しでもあります。それには、私の過去の話が大きく関わっているのですが、差し支《つか》えなければ聞いて頂けませんか？」

信じられないような光景だ。あれだけ、『お医者さま』との間に分厚い壁があった真人が、自身の過去を曝《さら》け出そうとしている。

呆気《あっけ》に取られていると、脇に抱えた書類を凪沙に差し出した。

「なんですか？　これ」

「電子カルテが導入される前の、聖海病院の紙カルテです」

厚紙の表紙に、Ａ４サイズの用紙が多量に綴《と》じられたファイルだ。受け取ると、両手にずしりと重さを感じた。

「カルテが……、どうかしたんですか？」

視線を落とすと、沈みかけた夕日の柔らかな光が、その表紙を照らした。

『神宮寺詩織《しおり》』

その苗字《みょうじ》を見た瞬間、凪沙は息を呑《の》んだ。

思わず顔を上げると、ようやく弱まった逆光から真人の表情が飛び込んできた。僅《わず》かな憂いが浮かんでいた。

「十五年前です。私が中学三年生の頃、母はこの病院で息を引き取りました」

淡々としたセリフに、なにも言葉を返すことができなかった。

やけにうるさい室外機の音の隙間に、真人の声が響いた。

「当時、母は四十三歳。スキルス胃がんと診断されました」

若い女性もしばしば発症する、難治性の胃がんだ。見つかった時点で転移しているケースも多く、予後は極めて悪い。

「すぐに治療することになりましたが、困ったことがありました」

「こまったこと？」

ようやく返した声は、緊張で掠《かす》れてしまった。

「私の父は、あまり誉められた人ではなかったのです」

酒とタバコに溺《おぼ》れた真人の父親は、随分と母親に迷惑をかけたらしい。真人を育てるために、詩織は相当のストレスを抱えた。もしかしたら、それがスキルス胃がんの発症に関わったのかもしれないと、真人は言った。

「困ったのはその後です。父は母の病気を認めることができず、逃げ出してしまいました」

心の弱い人だったんですと、静かな怒りがこもった声で言った。

「当時中学生だった私と母は、路頭に迷いました。なにをどうすればいいかもわからない。そんな絶望的な中で、私は田崎部長と向田室長に出会いました」

二人は親身になって、真人たちに寄り添ってくれたのだ。

「とりわけ驚いたのは、二人が私をキーパーソンとして指名したことでした」

「えっ?」

カルテを開くと、真人と田崎らが何度も話し合いを重ねた記録が、大量に書き込まれていた。

「神宮寺さんは中学生だったんですよね?」

「私も驚きました。母親の病の話を聞くなど、荷が重すぎる。しかし部長は、母が満足のいく治療をするためには、私がキーパーソンになるべきだと言い切ったのです。そして室長は、困ったことがあれば、なんでもサポートすると約束してくれました」

田崎たちは、真人を子供扱いするようなことは一度たりともなかったのだという。病気の進行具合、予後の予測、治療に伴うリスク、症状に合わせた対症療法に至るまで、大人でも受け止めるのが難しいような話を、真人が納得できるまで丁寧に説明を重ねた。

最終的に真人は、抗がん剤治療を打ち切ることや、延命治療をしないことまで、キーパーソンとして決断したのだ。

「非常識な判断かもしれませんが、感謝しております。私が後悔しない選択を、この病院は選ばせてくださったのですから」

その話に圧倒された。真人は中学生にしてすでに命の重さを実感し、終末期医療の厳しさまで知ったのだ。そして田崎は、真人が母親の病気の話を冷静に受け止め、決断できる人間だと判断した。双方の信頼がないと、そんなことはできない。

真人が、ビルの隙間に覗く空をどこか懐かしそうに見た。

「死ぬ前に花火が見たい。母は最後にそんな我儘《わがまま》を言いました」

遠くを見つめる真人の瞳《ひとみ》には、穏やかな光が宿っている。

「その頃の母は、一人で歩くこともできず、車椅子での移動も難しい状況でした。母の願いを部長らに伝えたところ、院長に話も通さず屋上の鍵を拝借し、この場に母を連れてきてくれたのです」

八月二十七日、十五年前の今と同じ時間、同じ場所に、三人がかりで車椅子を持ち上げて暗い階段を上ったらしい。

「そろそろですかね」

その言葉を合図に、ビルの間に光が打ち上がった。

遠くの空をヒョロヒョロと駆け上る光は、か弱い。

一瞬光が消えると、美しい花を咲かせた。

打ち上げ場所は随分遠いのだろう。大分遅れてから、破裂音が耳に届いた。尺玉なのだろうが目に映る花火は小さい。

しかし、夜空に咲いた花はあまりに美しかった。

多美子が亡くなった直後だからかもしれない。それとも、真人の母の話を聞いたからかもしれない。白、黄色、赤と鮮やかに色を変えるその光は、まるで命の尊さを表しているかのように輝いていた。

「すごく綺麗《きれい》」

思わず、そんな言葉が口から漏れ出た。

「そう言ってもらえますか」

いつの間にか隣に立った真人が、感慨深げに言った。

「これが、母が最期に見た光景です」

次々と花火が上がる。その多彩な色に釘付《くぎづ》けになった。

「結局母は、その夜に息を引き取りました。だから今日は、母の命日なのです」

「お母さまの最期は……、どうでしたか？」

「満足のいくものだったと信じております」

真人の声は、わずかに湿っていた。そんな真人の顔を見ないように、花火に集中する。

「私は、この病院に救われました。母が息を引き取ったとき、次の人生に向けて歩み出すことができたのは、間違いなく患者相談室のおかげなのです」

今度は、無数の連発した花火の音が響いた。その音が終わってから、真人は静かに呟《つぶや》いた。

「私は、母が最期の時を過ごしたこの病院を愛しているのです」

今の仕事は生きがいだ。真人の言葉の真意を知った。

「だから神宮寺さんは、この病院に就職したんですね」

「別れ際に部長から声をかけられたのです。この経験は必ずこの病院で活《い》かせるはずだから、うちに来ないかと」

患者相談室と真人は、家族同然の関係なのだ。そのつながりの深さを改めて理解した。

「私は、ある条件を提示しました」

「条件?」

「緩和ケア科を作ってほしい。それを約束してくれるのであれば、必ずこの病院で、それを支える役目を担う、と。……しかし現実は、その夢はまだ遠いのですが」

拡大路線を突き進んだ聖海病院は派遣医師の質が一定せず、緩和ケア科を作るどころではない。真人は、患者相談室の対応で手一杯なのが実情だ。

真人の声が、力強くなった。

「私は、夢を諦《あきら》めるつもりはありません。それが、母に対して誓った約束だからです」

「私が……」

真人の夢を手伝いたい。その言葉を凪沙は呑み込んだ。まだ、自分はそれを言えるだけの立場にはなり得ていない。

成長しなくては駄目だ。明確な目標を定めて、全力で経験を積む。そうなってはじめて、自分は真人のことを医師として支えられるのだ。

色とりどりの花火を見ながら、そんなことを思う。

話題を終える合図をするかのように、真人が咳払《せきばら》いをした。

「鈴木さまへの謝罪の日取りが決まりました」

「えっ」

「来週の水曜日、午後二時から、患者相談室の一室をおさえております。当日はスーツ着用の上でお越し下さい」

いつもの事務的な口調に戻った真人から、ついに決まったその日の詳細を、淡々と告げられた。

次々と散っていく花火を見ながら、凪沙は体の芯《しん》が熱くなるのを感じた。ついに、薫と鬼頭に謝罪することができる。

「まだ、時間は十分にあります。どんな言葉を伝えるのか、しっかりと整理しておいて下さい」

自分で考えなさい。暗にそう言われているように感じた。

推測の域を出ないが、真人は多美子が亡くなるまで、謝罪の日程の設定を伸ばしてくれていたようにも思える。

真偽はわかりようもないが、その静かな思いやりがありがたかった。いまはまだ、頭の中に色々な思いが渋滞している。それに、多美子の命を最期まで看取《みと》った今だからこそ、新しい言葉が見えてくるように思えた。

「神宮寺さん」

「なんでしょうか？」

「ありがとうございました」

「私は、私の仕事をしたまでです」

小さな声が返ってくる。いつか凪沙を釘付けにしたような、誠実さを感じさせる穏やかな低い声だった。


翌週の水曜日。ついに謝罪の日が訪れた。

早めの昼食を終えた凪沙は患者相談室に向かった。もう間もなく、薫たちが病院にやってくる。

待ち望んだ謝罪の場ではあるが、やはり恐怖の感情も心の端に残っている。

鬼頭と対峙《たいじ》するのは、あの日以来のことだからだ。真人とは冷静に話し合いをしていた鬼頭も、元凶である凪沙を見れば激昂《げきこう》するかもしれないし、謝罪が意にそぐわぬものであれば、積み重ねてきた信頼が一瞬で崩壊するかもしれない。

やはり不安もある。しかし、それは乗り越えなくてはならない。

患者相談室の前に立つ。凪沙は一つ息を吐いて、扉を開いた。

はじめに目に飛び込んできたのは、ネクタイを締めている田崎だった。凪沙に気づくと、くるりと振り向く。

「ああ、こんにちは」

あまりに緊張感のない挨拶《あいさつ》に、言葉を返すのが遅れてしまう。

「おっ、お疲れさまですっ」

田崎は軽く手を上げて答えると、隣の向田にネクタイを向けた。

「ちゃんと巻けてる？」

やはりフォーマルなスーツを着た向田が、首を振った。

「曲がってます。それでは、先方に失礼ですよ」

「普段スーツなんて着ないから、苦手なんだよね」

ブツブツ言いながらネクタイを締め直す。しばらくしてから、ようやく納得がいったのか、パリッとした上着を羽織った。

「どう？」

両手を広げて、その姿を見せる。

上背がある田崎は、意外に正装が似合うのだと妙に気付かされた。しかし、大事なのはそんなことじゃない。

「同席して下さるんですか？」

田崎が、キョトンとした表情を見せる。

「当たり前でしょ」

隣の向田が、小さくウインクをする。

「私も一緒よ。こういうときは誠意を見せないとね」

向田の柔らかな笑みをみて、張り詰めていた緊張が解けた。

田崎もまた、穏やかな笑みを浮かべている。

「先に言っておくけど、僕たちは何も口を出さないよ」

柔らかな言葉からは芯を感じさせた。

「私が、私の言葉を伝えるべき場面だから……ですね」

凪沙の言葉に、田崎はニコリと笑って頷《うなず》いた。

「先方からは、色々な質問が飛ぶだろう。だから、綾瀬先生が困ってしまう場面もあるかもしれない。でも、そのときは思い出して欲しい」

隣で一歩前に出た向田が、次の言葉を引き継いだ。

「貴方《あなた》の後ろには、私たちがついているわ。そして、貴方の言葉は、私たちの言葉でもあるのよ」

田崎に、左肩をポンと叩《たた》かれた。

「そういうこと。だから頑張ってね」

温かなエールに、心の一端を占めていた不安が、途端に消え去った気がした。

「はいっ」

返事をした瞬間、事務室の扉が開いた。

扉の先から、皺《しわ》一つないスーツを纏《まと》った真人が現れた。

「先方、見えました。説明室に待機して頂いております」

その視線は、凪沙に向いている。

「準備はいいですか？」

真人が覚悟を問うている。和んだ心が、再度引き締まった。緊張しすぎてもおらず、緩みすぎてもいない。適度な精神状態だ。

真人の真摯《しんし》な瞳《ひとみ》を、真っ直ぐに見据えて頷いた。

「大丈夫です」

「では、参りましょう」

真人がくるりと背を向けた。その背中についていく。

あの日、モニター越しにしか目にすることが叶《かな》わなかった説明室。凪沙はついに、その部屋に足を踏み入れた。

真人の背中の先に、人の気配を感じる。部屋を満たす緊張した空気が、頬をピリつかせた。

まず視界に見えたのは薫だった。明らかに緊張している様子だ。

そして、隣に座る鬼頭と目が合った。鋭い眼光を凪沙に向けている。まるで、あの日の鬼頭がそのままやってきたかのようだ。背筋が強張《こわば》った。これは和やかな謝罪の場ではない。それを思い知った。

薫たちに相対するように四人で並ぶ。最奥が真人、その隣に凪沙、田崎と向田が続く。全員が並んだのを確認した真人が、厳かに声をあげた。

「本日はお忙しいなか、我々の為にお時間を作って下さり、誠にありがとうございます」

そのまま頭を下げる。凪沙もそれに倣った。

顔を上げて視界に飛び込んできたのは、腕組みをしたまま鋭い視線を投げかける鬼頭の姿だった。

「挨拶はいい。俺は早く、あんたの話が聞きたいんだ」

部屋の空気が一層張り詰めた。

「失礼します」と、真人が着席する。田崎と向田も腰を下ろした。

凪沙は一人、鬼頭たちの前に立つ形になった。

ここからは、自分が話す時間なのだ。真人が何度も話し合いを重ねて用意してくれた、大切な謝罪の場。

中途半端な言葉を伝えるわけにはいかない。

張り詰めた空気を切り裂くように、凪沙は口を開いた。

「この度は、私の採血手技により合併症を起こしてしまったこと、それによって、鈴木さんにご不便をおかけしてしまったことを深くお詫《わ》びいたします。大変申し訳ありませんでした」

　深々と頭を下げる。

　鬼頭は未《いま》だ腕組みを解かない。緊張で口が渇くのを自覚する。

「まずは、上腕動脈に穿刺《せんし》したことについて説明を……」

「その説明はもういい」

　凪沙の言葉を遮るように、鬼頭の重厚な声が響いた。

　鬼頭が、ジロリと睨《にら》みを利かせる。

「神経を傷つけたのが避けられねえことだってのは、神宮寺さんから散々聞いたよ。無理矢理針を刺されて、体に異常を起こして、はい合併症でしたなんて言われても納得できねえところも多いけど、俺が聞きてえのはそこじゃねえんだよ」

　怒りを抑え込んでいるような、静かな口調だった。しかしその分、一つ一つの言葉が重くズシリと心に響く。

　鬼頭が、真っ直ぐに凪沙を見据えた。

「薫が痛がっていたとき、あんたは何を思ったんだ？」

　凪沙は息を呑《の》んだ。鬼頭の表情は真剣そのものだ。

　包《くる》み隠さず話すべきだ。そうでないと鬼頭の納得は得られない。震えそうになるのを堪《こら》えて、凪沙は声を絞り出した。

あの日のことがフラッシュバックする。

「これまで経験しなかったようなことが起きてしまい、パニックに陥りました」

鬼頭の視線は、凪沙からひと時も外れない。

「そりゃあそうだろう。聞けばあんたは、医者になってまだたったの四ヶ月だったって話じゃねえか」

「はい」

「やっぱり今回の件は、あんたに技術も経験も足りなかったから起こったことなんじゃないのか?」

鬼頭にはっきりと言われて、返す言葉もなかった。

薫をパニック状態の患者だと決めつけた。利き腕を右だと思い込んだ。採血を拒んだような仕草を見せたのに、看護師に腕の固定を指示した。

「それについては、弁解の余地はありません。鈴木さんの採血を中断する機会はあったはずなのに、それに気づけず、最悪の事態を招いてしまいました。私は、鈴木さんの検査を速やかに終えて、休んで頂くのがよいだろうという自身の判断に囚《とら》われすぎていたんです。それは、私の技術や経験不足によるものに他なりません」

あのことを、何度も思い返した。もっと技術があれば、経験を積んでいれば、たしかにアクシデントは回避できたかもしれない。

しかし、問題の本質はそこではない。

「でも、たとえ技術や経験がなくてもするべきことがあったはずなのに、私はそれをしませんでした。それが、今回の件で一番の問題だと思っています」

鬼頭が眉《まゆ》をひそめた。

「回りくどい言い方をするなよ。あんたがやるべきだったことっていうのはなんだ？」

「鈴木さんの気持ちに共感することです。本来、技術や経験が足りなくても、相手の立場になって物事を考えることはできたはずです。でも私は、そんなことすらできなかった」

あの日、モニター越しに見た薫が脳裏に蘇《よみがえ》った。薫は、凪沙以上の不安と緊張の中にいた。

薫に共感を示していれば、結果は変わっていたはずだ。薫の性格を鑑《かんが》みれば、彼女はすぐに前を向けたかもしれない。不安の日々を必要以上に強いたのは、凪沙の行動によるものだ。

鬼頭が、不満げな声を上げた。

「確かに、あんたの気持ちも分からないでもない。突然予想してもねえことになってパニックになるのもわかる。だがな……、あのとき薫がどれだけ辛《つら》かったかわかるか？　俺は、それを考えもしねえような、あんたたちの態度に尚更《なおさら》腹が立ったんだ」

一ヶ月分の不満をぶつけるような、強い言葉だった。それを正面から受け止める。

「はい。この一ヶ月、鈴木さんがどれだけ辛い思いをしたのかを、ずっと考えていました。あのときに、鈴木さんの立場になってお話をするべきでした」

不安を感じさせてしまったのは、薫だけではない。

「それに鬼頭さん……、あなたに対しても、です」

鬼頭が、目を見開いた。

「鬼頭さんがどれだけ親身になって、鈴木さんのことを心配されているのかを、痛感しました」

「別に……俺のことはいいんだよ」

「よくありません。私は、お二人に対してきちんと話をするべきでした」

鬼頭は、薫のことに対して、強く責任を感じているのだ。だから、これだけ必死に病院に訴えている。

「私は、お二人のお気持ちに寄り添うことをしませんでした。そのことを謝りたい。ずっと思っていました。でも、今日までその場は訪れなかった」

二人の真っ直ぐな視線が、凪沙に注がれる。

「私は、私自身の行動でお二人に接するチャンスを失ったんです。そのことを、ずっと後悔していました」

凪沙は、二人の顔を交互に見つめて、改めて背筋を伸ばした。

「お二人の不安に共感できなくて、申し訳ありませんでした」

深々と頭を下げた。両側で、真人たちも凪沙に倣って頭を下げる気配がした。

静寂が部屋を支配した。しばらくしてから、薫が小さく息を吐いた音が響いた。

「これで気が済んだ？……たっちゃん」

ふと部屋の空気が緩んだ瞬間、鬼頭の野太い声が響いた。

「まだだ」

その声に引っ張られるように顔を上げると、鬼頭の真っ直ぐな眼差《まなざ》しが突き刺さった。あまりに真剣な表情に、背筋が強張る。しかし目を逸《そ》らしてはならない。凪沙は、鬼頭の視線を真っ向から受け止めた。

じりじりとした時間が流れる。やがて鬼頭が、厳かに口を開いた。

「あんたはこの先、どんな医者になるつもりなんだ？」

鬼頭の瞳《ひとみ》は、真っ直ぐに凪沙を捉《とら》えている。

「今回の経験を、あんたは今後どう活《い》かすつもりなんだ？　それを聞かない限りは、俺はこの件を終わらすわけにはいかねえぞ」

内容次第ではただではおかない、そう言いたげな様相だった。

改善します。糧にします。努力します。

そんな表面的な言葉では、鬼頭は首を縦に振らないだろう。この一ヶ月間、凪沙自身が何を考え、どんな医師像を目指すのかを、鬼頭は問うているのだ。

自身の全てを曝《さら》け出さなければ、鬼頭は溜飲《りゅういん》を下げないだろう。

覚悟を決めた凪沙は、小さく息を吐いた。

「私は、患者さんに寄り添う心を持った医者になりたいと思っていたんです」

「そんな思いを持っていた医者が、なんで肝心な時にそれができなかったんだ？　それが見えねえ限り、同じことの繰り返しだぞ」

被《かぶ》せるように言った鬼頭を止めたのは、隣に座る薫だった。「ちゃんと聞きなさい、たっちゃん」と諌《いさ》められ、渋々口をつぐむ。

鬼頭の眼差しは、次の言葉を促していた。

「理想と現実の乖離《かいり》に戸惑っていたんです」

あの頃、悩みの中で彷徨《さまよ》っていた自分を思い出しながら話す。

「患者さんに寄り添う間もなく、次々と新たな患者さんがやってくる。そんな中で余裕がなくなり、自らの視野を狭めていたのです」

迷いのまま薫の処置に臨んだから対応を誤った。

「それであの日の対応か……。言い訳がなんであろうと、結局はあんたの力が足りなかったってことになる」

　鬼頭のドスの利いた声が響いた。

「そんなんじゃ、また薫みたいな不幸な患者が増えるんじゃねえのか？　幸い薫の腕はよくなったが、もしも一生動かないままだったら、俺は絶対にあんたを訴えていたぞ」

　一つ一つの言葉がまるでナイフのように鋭い。やはり、鬼頭の訴えは強い。それだけ薫に親身に寄り添っている人間だからだ。

「仰《おっしゃ》る通りです」

　凪沙は、今一度姿勢を正した。

「指導医からも同じような指摘を受けました。患者さんに寄り添うなんて考え方は理想論なのだと。実力もないのに理想にばかりこだわっていたら、やがて抱えきれなくなって潰《つぶ》れてしまうのがオチだとも言われました。実際に私は、わずか四ヶ月で余裕を無くし、結果的に鈴木さんを傷つけてしまいましたので、なにも言い返すことはできませんでした」

　関口から言われた言葉の意味を、あれから何度も考えた。

「そんな理想論を語る前に、求められた医療を提供するプロになれ。それが結果的に、より多くの患者さんの命を救う道なのだと諭されました」

凪沙が軽蔑《けいべつ》していた関口の医師論には、正しい面もあるのだ。訴訟リスクが高まる昨今、患者と一定の距離を置き、医療提供者としての仕事に徹した方が、息の長い医者になれる確率が高くなる。

鬼頭の舌打ちが響いた。

「ごちゃごちゃ言われても埒《らち》があかねえな。じゃあ結局、あんたはこれからどうするつもりなんだよ。その先生が言うとおりに、寄り添うってのは諦《あきら》めて、医者としての仕事だけに集中しようってことなのか？」

徐々に、鬼頭の語気が荒くなる。

「それじゃあ、さっきの謝罪と話が違うぞ。俺には、あのとき薫の腕を適当に診察した、感じの悪い医者みたいになりたいって聞こえるけどな。結局、ああいう医者が後輩にも同じような指導をするから、医者ってのは揃いも揃って思いやりのねえ奴らばっかりになるんじゃねえのか？」

鬼頭が主張していることはまさに、自身がずっと抱えていたモヤモヤだ。だからこそ凪沙は、人の心に寄り添う医者になることを目標に、医学の門を叩《たた》いたのだ。あの日の当直医のような、人の気持ちに寄り添えないような医者にはなりたくない。ずっとそう思っていた。

しかし、この一ヶ月間の経験を通して、その考えが変わった。

「私は、患者さんに寄り添うことをやめます」

その宣言を聞いた鬼頭が、呆気《あっけ》に取られたような表情を見せた。

「一体、何を言ってるんだ？」

怒気のこもった声が響く。

凪沙は、毅然《きぜん》とした態度で続けた。

「患者さんに寄り添おうとしても、きっと私はすぐに抱えきれなくなって、患者さんに迷惑をかけてしまうと思ったんです。だから、その道を歩き続けるのは難しいと思いました」

重苦しい空気にヒビが入る。次の瞬間、鬼頭が吠《ほ》えた。

「じゃあ、薫は単なる生贄《いけにえ》だってことじゃねえか！」

鬼頭が感情を爆発させる。

「なにもできねえ新人が、やれもしねえ理想を語って、勝手に余裕がなくなって、薫の大切な腕を傷つけて……。挙句に、やっぱり寄り添うなんて無理だからやめますって。無責任にも程があるんじゃねえのか！」

鬼頭が椅子から立ち上がった。

「ちょっと、たっちゃん」

薫は狼狽《ろうばい》した様子で鬼頭の袖《そで》を摑《つか》むが、流石に今度は聞く耳を持たない。薫が助けを求めるように真人を見た。

わずかに思案した真人が、腰を上げようとする。しかしそれを、凪沙は手で制した。

横目で真人に視線を送り、大丈夫だという意図を伝える。

それを見た真人は、静かに着席した。

改めて、鬼頭と対峙《たいじ》する。

誰かの行動一つ、言葉一つで爆発してしまいそうな、ピリついた空気だった。鬼頭は、怒り狂った牛のように、今にも飛びかかってきそうな体勢だ。

あのときは、鬼頭から逃げて震えることしかできなかった。しかし今は違う。自分の考えを全て伝えなければならない。だったら、震えているわけにはいかない。

「鈴木薫さん、鬼頭達也さん。私の話を聞いていただけませんか。……お二人にこそ聞いて欲しいんです」

鬼頭と薫の目を交互に見ながら、凪沙は言った。

真剣な表情で、目線で、声で、姿勢で……。思いが伝われと願いを込める。

鬼頭が、前傾姿勢をわずかに緩めた。

それを見た凪沙は、改めて口を開いた。

「ずっと考えていました。でもやっぱり私は、患者さんから一線を引いて、淡々と仕事に徹するような道は歩めません。それは、私が目指した道ではないからです」

鬼頭が苛《いら》ついたような態度を見せる。

「じゃあなんだよ。責任をとって、医者を辞めますとでも言うのか？」

耳は傾けてくれるものの、やはり語気は荒い。これ以上話を引き伸ばすのは、良手ではない。

「私は、患者さんと共存する医者になります」

しかし、鬼頭の顔には疑問符が浮かんだ。

「意味がわからねえ。……ちゃんと説明しろよ」

釈然としない表情の鬼頭に向かって頷《うなず》いた。

「あの日から一ヶ月間、私はここにいる神宮寺の下で、医師とは違う視点から病院を見て、様々な患者さんと関わってきました」

患者相談室で研修したい。そう宣言してからの一ヶ月を思い出しながら、言葉を紡ぐ。

「鈴木さんの救急対応をした時の私の視野が、いかに狭まっていたのかを気付かされる思いでした。病院には連日、沢山の患者さんたちが悩みを抱えて来院し、それに対応するのは医師だけではなく、想像を遥《はる》かに超えるような人たちによって支えられているのを、目の当たりにしました」

狼狽した凪沙を助けてくれた真人に、毎日患者の訴えを親身に聞いて看護計画や記録を続ける看護師たち。それだけではない。事務処理だけでなく患者の金銭面の相談に対応する事務員、丁寧な薬の説明をする薬剤師やリハビリに従事するスタッフたち、病院を綺麗《きれい》に保つ清掃員や、毎日数百人分の入院患者の食事を作る調理師……。

「私は、色んな人たちに支えられている。そんな当たり前のことに、改めて気づかされました。そしてもう一つ、抜けていた視点がありました」

凪沙は、心配そうに凪沙を見つめる薫に目をやった。

迷いの中にいた時、優しい言葉をかけてくれたのは、驚くべきことに、凪沙自身が不便をかけた患者だったのだ。

「患者さんです。治療される側、する側という思い込みがあって気づけずにいましたが、私は患者さんに与えるより、遥かに多くのことを与えてもらっていました。それは、治療によって得る医師としての経験だけではなく、思いやりや優しい言葉、そして時に厳しい意見……。全てが、自分を成長させてくれるための大切なものでした」

頭の中に沢山の人たちが浮かぶ。死の間際に穏やかに微笑みかけてくれた多美子、最期を見届けた後に礼を言ってくれた亜子、ピカピカのランドセルを背負った翔平、亡くなった妻に対して涙を流した田代……。

この人たちとの関わりは、自分の血となり肉となっている。

凪沙は、改めて鬼頭と向き合った。まだ眼光は鋭いが、凪沙の言葉に集中していてくれている。鬼頭だって、本来敵ではない。

「その経験を通して感じたんです。寄り添うって概念は、一見正しそうに思えるけれど、違うんじゃないかって」

研修当初から感じていた違和感の正体をついに見つけた思いだった。

皆、寄り添うという概念に囚《とら》われすぎているのではないだろうか？

だから一人で抱えすぎてパンクしたり、逆に、そうならないために避ける道を選択せざるを得ないと思い込む医師が出てくる。

……何故なのか。

「寄り添うというのは、一方が与え、他方がそれを享受するだけの一方的な関係だと思うんです。対等な関係ではないと自ら思い込んでしまうからこそ、途中で抱えきれなくなるし、周囲の助けに気付けないほど、視界が狭くなってしまうのだと思いました」

その結果、孤立してしまう。

でもそれだと、せっかく相手から発せられている思いやりのサインを逃しかねない。

「だから……共に支え合うってことか？」

鬼頭の言葉に、凪沙は頷いた。

パンクせず、患者の心と向き合い続ける。それを長く持続できるようにするために凪沙が考え抜いて出した答えが『共存』だ。

「与え、与えられ、患者さんと共に治療に臨む。そんな医者になりたいんです。そうすれば視野が広がり、同じように患者さんを支えようとしてくれた周囲の人の存在を見失うこともなくなる」

鬼頭が真っ直ぐに凪沙を見ている。真剣な表情だ。

「病院はチームなんです。皆で命に向き合っていたい。そして、そのチームには、患者さんも含まれているんです。治療は医療側からの一方的なものであってはならないし、逆でもいけない。共に取り組むべきものなんだって思いました。だからこそ、私は共存の道を模索していきたいんです」

思いの丈を伝え切ると、説明室に沈黙が落ちた。

鬼頭は再び腕を組んで、凪沙を睨《にら》みつけている。

静まり返った時間が、しばらく続いた。

やがて、鬼頭がゆっくりと口を開いた。

「あんたの言い分はよくわかった」

ギロリと、睨みを利かせる。

「それでも、やっぱり俺には理想論に聞こえるな」

ピシャリと言い放たれた。

「ここは病院なんだぞ。命を救ってくれって患者が山ほど来るんだろう。そんな中で、互いに助け合うなんて、寄り添うよりもよほど甘い理想論だと俺は思う」

その反応は、ある程度予想していたものだった。

「はい。先ほどの指導医にも同じことを言われました」

あの花火の夜、凪沙は関口のもとを訪れた。

救急外来のヘルプをしてくれた礼を言いに行ったのだ。その時、いまの内容と全く同じことを、関口にも話した。

甘いと一蹴《いっしゅう》された。現実は思うほど甘くない。それを何よりも知っているのは、医療の場で荒波を凌《しの》ぎ続けてきた関口なのだ。

しかし、その言葉の後で、もう一つ言葉をかけられた。

「だったらな……」

鬼頭の言葉が響き、ハッとした。

体を乗り出した鬼頭が、凪沙を真っ直ぐに見据えていた。

「あんたが、患者と共存する医者の道とやらを歩き続けてみせろ」

鬼頭からかけられた言葉は、関口と一字一句同じものだった。

「それだけ大きなことを言うのなら、あんたがその道の正しさを証明し続けて、後に続く医者を増やしてくれよ」

一つ一つの言葉が心に響く。鬼頭の語気は強いが、敵視するような棘《とげ》は感じられなかった。

「約束できるか？」

その目は真剣そのものだ。

「約束します」

鬼頭の願いを受けて、心がズシリと重くなる。でも大丈夫だ。自分には支えてくれる人が沢山いるはずだから。

鬼頭が、薫に顔を向けた。

「これでいいか？　薫」

問いかけられた薫は、ほっとしたような、呆《あき》れたような表情を見せた。

「私は元々、十分よかったんだってば。後はたっちゃん次第だって、ずっと言ってたでしょ」

はっきりと言われた鬼頭が、くぐもった声を上げた。

「なあ、綾瀬先生よ」

はじめて鬼頭からまともに名を呼ばれて、声が裏返る。

「はっ……はいっ」

今度は、鬼頭が背筋を伸ばした。凪沙は、反射的に体を前傾させ、傾聴の姿勢をとった。

「今回の件はな、分からないことは、なにからなにまで神宮寺さんから話を聞いてたし、自分でも馬鹿なりに必死に調べたんだ。だから、薫がこうなっちまったことはある程度しょうがねえことも理解したし、あんたら病院の言い分もわかっていたんだ」

鬼頭が、一層真剣な眼差《まなざ》しを凪沙に向けた。

「だからな、綾瀬先生が俺たちにどんな言葉を伝えるのかを、しっかりと見定めようと思ってたんだ」

その視線は、まるで真剣のように鋭い。

「上っ面だけの謝罪だったら、俺はこの場で、先生を殴ってたかもしれねえ」

凄《すご》まれて、今更怖さが蘇《よみがえ》る。

「患者と共存する医者。そんな医者がいるのなら、俺だって見てみたい。いつかその道を諦《あきら》めそうになったら、絶対に俺たちのことを思い出せよ。……それが綾瀬先生の責任だ。もしも今日のことを忘れて、あの当直医みたいな冷たい医者になったとしたら、それは俺たちを裏切ったってことだ。それをよく覚えておいてくれ」

熱いエールの言葉だった。

「肝に銘じておきます」

そう言ってから、改めて頭を下げた。

頭上から鬼頭の声が降り注ぐ。

「綾瀬先生の今後を応援する。これからも沢山の命を救ってくれ」

胸に熱いものが込み上げた。

謝罪することで、救われたのは自分だ。

この人たちに恥じない医者にならなければいけない。改めてそれを思った。

顔を上げることができない。鬼頭たちの顔を見れば、感情が溢《あふ》れ出そうになったからだ。

「では、今後の手続きなどを、別室でご説明させて頂きます」

凪沙の心情を察したのか、真人が二人を外へと案内する。扉が閉まる音がするまで、凪沙は頭を下げ続けた。

二人が部屋を出ていった後、隣で田崎の柔らかな声が響いた。

「患者さんと共存する医者。とてもいい考えだと思うよ。僕も応援するから、頑張ってね」

結局その日も凪沙は、溢れる涙を抑えることができなかった。

こうして、患者相談室での一ヶ月間の研修は幕を下ろした。

エピローグ

九月に入り、灼熱《しゃくねつ》のような暑さがようやく落ち着いてきた。

久しぶりの休日、凪沙は雑居ビルに足を延ばした。薄暗い階段を上ると、やがてオリーブグリーンで塗装された、洒落《しゃれ》た木製の扉が視界に入る。

高揚する気持ちを抑えて扉を開くと、ナチュラルグリーンのアロマの香りが、鼻をくすぐった。

L'arôme、フランス語で『香り』と名付けられたこの店の内装は、美しい木目が見える床材と、緑を基調とした落ち着いた色の壁紙で統一されていて、狭いながらもどこか開放的である。

店内を見回していると、薫が迎えてくれた。緑の髪色は、緑を基調とした店の中で、一層美しく映えていた。

「綾瀬先生！　来てくれてありがとう！」

「開店、おめでとうございます」

薫の表情が、太陽のように明るくなった。

「じゃあ早速こっちに来てよ」

新しく買ったおもちゃを見せたがる少女のような純真な笑顔で案内されたのは、左右を壁でパーティションされた、半個室だった。

他の席からは視線が切られていて心が落ち着く。そこには、あの日薫が語った理想の美容室が、そのまま現出していた。

大きな丸鏡に映る自身の姿を見ていると、薫の長い指が後ろから凪沙の髪に触れた。

「また、一段とぼさぼさになっているわね。もうどれくらい髪を切ってないの？」

少なくとも、研修医になってからは美容室に行けてない。

「半年以上……、一年近いかもしれないです」

薫が驚愕《きょうがく》したように声を上げた。

「呆れたっ。病院ってそんなに忙しいの？」

「最近、やることが多くて」

薫への謝罪を終えたあの日から、凪沙はさらに忙しい毎日を過ごしている。

不思議なことに、『患者と共存する医者を目指す』という理想を『甘い』と一蹴《いっしゅう》してからというもの、関口は凪沙の指導に本腰を入れるようになった。これだけ大口を叩《たた》いて、何もしないうちにコケられても困る、というのが理由のようだ。

理由はなんであれ、凪沙は今、悩む暇もないほど徹底的な指導を受けている。

それと同時に、患者相談室にも足繁く通っている。

関口と田崎の協議により、患者相談室での研修は終了した。しかし、だからと言って患者相談室との関係が途切れるわけではない。病棟で対応すべき問題があれば、すぐに相談室に持っていく。そんな習慣をつけるようにしたら、ほぼ毎日顔を出す生活になった。

やはり病院は、彼らによって支えられているのだ。それを改めて実感する毎日だ。いずれ凪沙が、医師としての経験を積んでいけば、医師たちと患者相談室を繋《つな》ぐ役割を担えるはずだ。

それを目標に、日々奮闘しているのだ。

「これだけ伸びてたら、こっちもやりがいがあるわ」

薫の楽しそうな声に、意識を引き戻された。

すると、目の前に太い腕がにゅっと現れた。サイドテーブルにコーヒーが置かれる。隆々とした腕を追うと、エプロン姿の鬼頭と目が合った。タトゥーは隠しているようだ。

「コーヒーどうぞ」

不機嫌そうな物言いに、一瞬体が強張《こわば》った。

「ちょっとたっちゃん。もう少し愛想よくしてよ。ただでさえ、圧迫感すごいんだから、そんな顔されたらお客さんが逃げちゃうわ」

揶揄《からか》うように言うと、鬼頭が舌打ちした。

「うるせえな。こっちだって、慣れないことしてるから、緊張すんだよ」

「プレオープンに、綾瀬先生に声かけておいてよかったわよ。たっちゃんはしばらく、鏡で笑顔の特訓ね」

呆《あき》れたように言う薫を尻目《しりめ》に、鬼頭の顔が凪沙に向いた。

「頑張ってるか?」

短い言葉には、優しさが潜む。

「はい」

真っ直ぐに鬼頭を見て返事をすると、「そうか」と言って、半個室を出ていった。

去り際の顔には、穏やかな笑みが浮かんでいた。

スプレーで湿らされた髪が、櫛《くし》で整えられる。それだけで、不思議と心が落ち着いた。忙《せわ》しない日々の中で、こんな気持ちになったのは、本当に久しぶりのことだった。

「じゃあ、早速切っちゃおうか。髪型はどうする? 気合い入れて真っ赤にしようか? いい染料を仕入れたのよ」

薫の鮮やかな緑を見て、凪沙は慌てて手を振った。

「病院はその辺厳しいので……」

　薫が笑う。見るものまで元気にしてくれるような、屈託のない笑顔だった。

「わかった。それはしないから、綾瀬先生がよければバッサリ切っちゃってもいい？　病院で綾瀬先生を見るたびに、長くて重い髪より、さっぱり系のショートの方が似合うなって思ってたのよ」

　髪型でそんな冒険をした記憶はない。でも、薫のイメージに任せてみたい、そんなことを思った。

「それでお願いします」

　薫がもう一度笑った。

「オッケー。じゃあ、切るわよ」

　左の耳元で、ハサミの軽快な音が二つ三つ響く。

　薫の右手が、重くなった後ろ髪を挟むと、サクリと音が鳴った。バサリという音と共に、頭が一気に軽くなる。一緒に心まで浮き上がるような高揚感を覚えた。

　薫の左手が、リズミカルに動く。サクサクという軽快で心地のよい音に、凪沙は意識を傾けた。

本書は書き下ろしです。

アンドクター
聖海《せいかい》病院《びょういん》患者《かんじゃ》相談室《そうだんしつ》

藤《ふじ》ノ木《き》優《ゆう》

令和5年 1月25日　初版発行
令和6年 10月30日　5版発行

発行者●山下直久

発行●株式会社KADOKAWA
〒102-8177　東京都千代田区富士見2-13-3
電話　0570-002-301（ナビダイヤル）

角川文庫 23499

印刷所●株式会社KADOKAWA
製本所●株式会社KADOKAWA

表紙画●和田三造

◎本書の無断複製（コピー、スキャン、デジタル化等）並びに無断複製物の譲渡および配信は、著作権法上での例外を除き禁じられています。また、本書を代行業者等の第三者に依頼して複製する行為は、たとえ個人や家庭内での利用であっても一切認められておりません。
◎定価はカバーに表示してあります。

●お問い合わせ
https://www.kadokawa.co.jp/（「お問い合わせ」へお進みください）
※内容によっては、お答えできない場合があります。
※サポートは日本国内のみとさせていただきます。
※Japanese text only

©Yu Fujinoki 2023　Printed in Japan

ISBN 978-4-04-112922-7　C0193

◆◇◇

角川文庫発刊に際して

角川源義

第二次世界大戦の敗北は、軍事力の敗北であった以上に、私たちの若い文化力の敗退であった。私たちの文化が戦争に対して如何に無力であり、単なるあだ花に過ぎなかったかを、私たちは身を以て体験し痛感した。西洋近代文化の摂取にとって、明治以後八十年の歳月は決して短かすぎたとは言えない。にもかかわらず、近代文化の伝統を確立し、自由な批判と柔軟な良識に富む文化層として自らを形成することに私たちは失敗して来た。そしてこれは、各層への文化の普及滲透を任務とする出版人の責任でもあった。

一九四五年以来、私たちは再び振出しに戻り、第一歩から踏み出すことを余儀なくされた。これは大きな不幸ではあるが、反面、これまでの混沌・未熟・歪曲の中にあった我が国の文化に秩序と確たる基礎を齎らすためには絶好の機会でもある。角川書店は、このような祖国の文化的危機にあたり、微力をも顧みず再建の礎石たるべき抱負と決意とをもって出発したが、ここに創立以来の念願を果すべく角川文庫を発刊する。これまで刊行されたあらゆる全集叢書文庫類の長所と短所とを検討し、古今東西の不朽の典籍を、良心的編集のもとに、廉価に、そして書架にふさわしい美本として、多くのひとびとに提供しようとする。しかし私たちは徒らに百科全書的な知識のジレッタントを作ることを目的とせず、あくまで祖国の文化に秩序と再建への道を示し、この文庫を角川書店の栄ある事業として、今後永久に継続発展せしめ、学芸と教養との殿堂として大成せんことを期したい。多くの読書子の愛情ある忠言と支持とによって、この希望と抱負とを完遂せしめられんことを願う。

一九四九年五月三日

角川文庫ベストセラー

新装版 螺鈿迷宮　海堂尊

モルフェウスの領域　海堂尊

アクアマリンの神殿　海堂尊

医学のたまご　海堂尊

氷獄　海堂尊

「この病院、あまりにも人が死にすぎる」——終末医療の最先端施設として注目を集める桜宮病院。黒い噂のあるその病院に、東城大学の医学生・天馬が潜入した。だがそこでは、毎夜のように不審死が……。

日比野涼子は未来医学探究センターで、「コールドスリープ」技術により眠る少年の生命維持を担当している。少年が目覚める際に重大な問題が発生することに気づいた涼子は、彼を守るための戦いを開始する……。

未来医学探究センターで暮らす佐々木アッシは、正体を隠して学園生活を送っていた。彼の業務は、センターで眠る、ある女性を見守ること。だが彼女の目覚めが近づくにつれ、少年は重大な決断を迫られる——。

曾根崎薫14歳。ごくフツーの中学生の彼が、ひょんなことから「日本一の天才少年」となり、東城大の医学部で研究することに！　だが驚きの大発見をしてしまい大騒動へ。医学研究の矛盾に直面したカオルは……。

手術室での殺人事件として世を震撼させた「バチスタ・スキャンダル」。新人弁護士・日高正義は、その被疑者の弁護人となった。黙秘する被疑者、死刑を目指す検察。そこで日高は——。表題作を含む全4篇。

角川文庫ベストセラー

黒医　久坂部　羊

「心の病気で働かないヤツは屑」と言われる社会。「高齢者優遇法」が施行され、死に物狂いで働く若者たち。こんな未来は厭ですか――？　救いなき医療と社会の未来をブラックユーモアたっぷりに描く短篇集。

介護士K　久坂部　羊

介護施設「アミカル蒲田」で入居者が転落死した。ルポライターの美和が虚言癖を持つ介護士・小柳の関与を疑うなか、第2、第3の事故が発生する――。介護現場の実態を通じて人の極限の倫理に迫る問題作。

祈りのカルテ　知念実希人

新米医師の諏訪野良太は、初期臨床研修で様々な科を回っている。内科・外科・小児科……様々な患者が抱える問題に耳を傾け、諏訪野は懸命に解決の糸口を探す。若き医師の成長を追う連作医療ミステリ！

肉小説集　坂木　司

凡庸を嫌い、「上品」を好むデザイナーの僕。正反対な婚約者には、さらに強烈な父親がいて――。（「アメリカ人の王様」）不器用でままならない人生の瞬間を、肉の部位とそれぞれの料理で彩った短篇集。

鶏小説集　坂木　司

似てるけど似てない俺たち。思春期の葛藤と成長を描く（「トリとチキン」）。人づきあいが苦手な漫画家が描く、エピソードゼロとは？（「とべ　エンド」）。肉と人生をめぐるユーモアと感動に満ちた短篇集。

角川文庫ベストセラー

みぞれ　重松　清

思春期の悩みを抱える十代。社会に出てはじめての挫折を味わう二十代。仕事や家族の悩みも複雑になってくる三十代。そして、生きる苦みを味わう四十代――。人生折々の機微を描いた短編小説集。

とんび　重松　清

昭和37年夏、瀬戸内海の小さな町の運送会社に勤めるヤスに息子アキラ誕生。家族に恵まれ幸せの絶頂にいたが、それも長くは続かず……高度経済成長に活気づく時代と町を舞台に描く、父と子の感涙の物語。

みんなのうた　重松　清

夢やぶれて実家に戻ったレイコさんを待っていたのは、いつの間にかカラオケボックスの店長になっていた弟のタカツグで……。家族やふるさとの絆に、しぼんだ心が息を吹き返していく感動長編！

ファミレス　(上)(下)　重松　清

妻が隠し持っていた署名入りの離婚届を発見してしまった中学校教師の宮本陽平。料理を通じた友人である、一博と康文もそれぞれ家庭の事情があって……50歳前後のオヤジ3人を待っていた運命とは？

温室デイズ　瀬尾まいこ

宮前中学は荒れていた。不良たちが我が物顔で廊下を闊歩し、学校の窓も一通り割られてしまっている。教師への暴力は日常茶飯事だ。三年生のみちると優子は、それぞれのやり方で学校を元に戻そうとするが……。

角川文庫ベストセラー

ありがとう、さようなら　瀬尾まいこ

嫌いな鯖を克服しようとがんばったり、走るのが苦手なのに駅伝大会に出場したり、生徒に結婚の心配をされたり、鍵をなくしてあたふたしたり……。「瀬尾先生」の奮闘する日常が綴られるほのぼのエッセイ。

正義のセ　阿川佐和子
ユウズウキカンチンで何が悪い！

東京下町の豆腐屋生まれの凜々子はまっすぐに育ち、やがて検事となる。法と情の間で揺れてしまう難事件、恋人とのすれ違い、同僚の不倫スキャンダル……山あり谷ありの日々にも負けない凜々子の成長物語。

正義のセ　2　阿川佐和子
史上最低の三十歳！

女性を狙った凶悪事件を担当することになり気合十分の凜々子。ところが同期のスキャンダルや、父の浮気疑惑などプライベートは恋のトラブル続き！　しかも自信満々で下した結論が大トラブルに発展し⁉

正義のセ　3　阿川佐和子
名誉挽回の大勝負！

小学校の同級生で親友の明日香に裏切られた凜々子。さらに自分の仕事のミスが妹・温子の破談をまねいていたことを知る。自己嫌悪に陥った凜々子は同期の神蔵守にある決断を伝えるが……⁉

正義のセ　4　阿川佐和子
負けっぱなしで終わるもんか！

尼崎に転勤してきた検事・凜々子。ある告発状をもとに捜査に乗り出すが、したたかな被疑者に翻弄されて取り調べは難航し、証拠集めに奔走する。プライベートではイケメン俳優と新たな恋の予感⁉